El Dador

· PREMIO NEWBERY ·

Concedido anualmente por la Asociación Norteamericana
de Bibliotecarios al mejor libro de literatura infantil y juvenil.

Lois Lowry

El Dador

EVEREST

A todos los niños
en cuyas manos dejamos el futuro

Coordinación Editorial: Matthew Todd Borgens
Maquetación: Ana María García Alonso

Título original: *The Giver*
Traducción: Mª Luisa Balseiro

Diseño de cubierta: Jesús Cruz

© 1993 by Lois Lowry
© EDITORIAL EVEREST, S. A.
Carretera León-La Coruña, km 5
www.everest.es
ISBN: 84-241-9287-7
Depósito legal: LE-892-2002
Printed in Spain - Impreso en España

EDITORIAL EVERGRÁFICAS, S. L.
Carretera León-La Coruña, km 5
LEÓN (España)

CAPÍTULO UNO

Era casi diciembre y Jonás empezaba a estar asustado. "No, no es ésa la palabra", pensó. Estar asustado es tener esa sensación profunda y odiosa de que va a pasar algo terrible. Asustado había estado un año antes, cuando un avión no identificado sobrevoló por dos veces la Comunidad. Jonás lo vio las dos veces. Guiñando los ojos para mirar al cielo, vio pasar el esbelto reactor, una forma casi borrosa por la velocidad que llevaba, y un segundo más tarde oyó el estampido que lo seguía. Y luego otra vez, al cabo de unos instantes y en la dirección contraria, el mismo avión.

Al principio le llamó mucho la atención, pero nada más. Era la primera vez que veía pasar un avión tan cerca, porque era contrario a las Normas que los Pilotos sobrevolaran la Comunidad. A veces, cuando los aviones de carga traían suministros a la pista de aterrizaje que había al otro lado del río, los niños iban en bici hasta la orilla y contemplaban con curiosidad la descarga, y luego el despegue hacia el oeste, siempre alejándose de la Comunidad.

Pero el avión del año pasado era otra cosa. No era uno de aquellos aviones de carga chatos y panzudos, sino un reactor monoplaza de morro afilado. Jonás, mirando con alarma a todas partes, había visto que otros, adultos y niños, interrumpían sus ocupaciones y se quedaban esperando, confusos, la explicación de aquel hecho inquietante.

Entonces se había dado orden a todos los ciudadanos de entrar en el edificio más próximo y no moverse de allí. "INMEDIATAMENTE", había dicho la voz rasposa que salía por los altavoces. "DEJEN SUS BICICLETAS DONDE ESTÉN."

Al instante Jonás, obedientemente, había dejado la bici tendida en el camino de detrás de su casa. Había corrido a casa y había permanecido allí, solo. Sus padres estaban en sus trabajos y su hermanita, Lily, estaba en el Centro Infantil, donde iba al salir de la escuela.

Jonás se asomó a la ventana de delante, pero no vio a nadie: ni uno de los atareados equipos vespertinos de Limpieza Viaria, Paisajismo y Distribución Alimentaria que solían circular por la Comunidad a esas horas. No vio más que bicis tiradas por el suelo; en una todavía giraba una rueda lentamente.

Entonces se asustó. La impresión de su Comunidad enmudecida, a la espera, le revolvió el estómago. Y tembló.

Pero no había sido nada. Pasados unos minutos los altavoces volvieron a sonar, y la voz, ahora tranquilizadora y menos imperiosa, explicó que un Piloto en Formación, interpretando mal sus instrucciones de vuelo, había hecho un giro indebido, y había intentado desesperadamente volver antes de que se advirtiera su error.

"POR SUPUESTO, SERÁ LIBERADO", dijo la voz, y a esas palabras siguió el silencio. Había en aquel mensaje final un tono irónico, como si al locutor le hiciera gracia; y Jonás había sonreído levemente, aunque sabía que era una afirmación muy seria. Que un ciudadano activo fuera liberado de la Comunidad era una decisión concluyente, un castigo terrible, una sentencia de fracaso inapelable.

Incluso a los niños se les reñía si usaban esa palabra en sus juegos para burlarse del compañero que no había parado la pelota o se había caído en una carrera. Jonás lo hizo una vez; gritó a su mejor amigo: "¡La hiciste, Asher! ¡Eres liberado!", cuando por una torpeza de Asher, su equipo perdió el partido. Entonces el entrenador le llamó aparte para hablarle en pocas palabras, pero con severidad, y él volvió cabizbajo, lleno de remordimiento y de vergüenza, y al acabar el partido pidió disculpas a Asher.

Ahora, pensando en la sensación de miedo mientras pedaleaba hacia casa por el camino del río, recordaba aquel momento de terror palpable, de vacío en la boca del estómago, cuando pasó el avión dejando su estela. No era eso lo que sentía en aquellos momentos, al ver que se acercaba diciembre. Buscó la palabra adecuada para expresar su sentimiento.

Jonás ponía atención en las palabras. No como su amigo Asher, que hablaba demasiado deprisa y se embarullaba, y con las palabras y las frases hacía tales mezclas que no había quien las reconociera, y muchas veces el resultado era muy divertido.

Jonás rió para sus adentros acordándose de aquella mañana en que Asher entró en clase sin respiración, porque llegaba tarde, como de costumbre, y ya estaban cantando el himno matinal. Cuando, acabado el canto patriótico, los alumnos se sentaron, Asher permaneció en pie para excusarse públicamente, como estaba mandado.

—Pido disculpas por haber incomodado a mi Comunidad Escolar.

Asher soltó la fórmula de disculpa de un tirón, todavía sin resuello. El Instructor y la clase aguardaban pacientemente su explicación. Todos los alumnos sonreían, porque ya habían oído las explicaciones de Asher un montón de veces.

—Salí de casa con tiempo, pero cuando pasé por delante de la Piscifactoría, el equipo estaba apartando unos salmones. Debí abstraerme mirándolos. Pido disculpas a mis compañeros —concluyó Asher, y alisándose las arrugas de la túnica, se sentó.

—Te disculpamos, Asher —dijo la clase entera, recitando al unísono la fórmula de respuesta.

Muchos de los alumnos se mordían los labios para no reír.

—Te disculpo, Asher —dijo el Instructor sonriendo—. Y te doy las gracias, porque una vez más nos das ocasión de examinar una cuestión de lenguaje. "Abstraerse" es un verbo demasiado fuerte para cuando uno está mirando unos salmones.

Y volviéndose a la pizarra escribió "abstraerse", y al lado escribió "distraerse".

Jonás, ya cerca de casa, se sonreía recordándolo. Al dirigir la bici hacia su estrecho aparcamiento junto a la puerta, seguía pensando y se daba cuenta de que "asustado" no era el adjetivo que mejor cuadraba a sus sentimientos al ver que llegaba ya el mes de diciembre. Era un adjetivo demasiado fuerte.

Llevaba mucho tiempo esperando aquel diciembre especial. Ahora que lo veía encima, no estaba asustado, estaba… ansioso, decidió. Estaba ansioso de que llegara. Y nervioso, desde luego. Todos los Onces estaban nerviosos en vísperas del acontecimiento inminente.

Pero cuando pensaba en ello le daba un poco de escalofrío por lo que pudiera pasar.

"Intranquilo", decidió Jonás. "Eso es lo que estoy."

—¿Quién quiere empezar hoy con los sentimientos? —preguntó el padre de Jonás al final de la cena.

Era uno de los ritos, contar cada noche los sentimientos. Había días en que Jonás y su hermana Lily discutían por quién los contaba primero. Sus padres participaban en el rito, naturalmente; también ellos contaban sus sentimientos todas las noches. Pero como todos los padres, como todos los adultos, ellos no se peleaban ni se ponían ñoños por el orden.

Tampoco lo hizo Jonás esa noche. Sus sentimientos en esta ocasión eran demasiado complicados. Quería compartirlos, pero no tenía muchas ganas de ponerse a desenredar la maraña de sus emociones, ni siquiera con la ayuda que sabía que le darían sus padres.

—Empieza tú, Lily —dijo, viendo que su hermana, que era mucho más pequeña, Siete nada más, se revolvía de impaciencia en la silla.

—Yo esta tarde he estado iracunda —declaró Lily—. Mi grupo del Centro Infantil estaba en el Área de Juegos, y teníamos un grupo de Sietes visitantes, y no cumplían las Normas para nada. Uno de ellos, un chico, no sé cómo se llamaba, se ponía todas las veces el primero en la cola del tobogán, a pesar de que todos los demás estábamos esperando. Yo me puse iracunda con él. Hice así con la mano.

Y levantó el puño cerrado, y el resto de la familia sonrió ante su pequeño gesto de amenaza.

—¿Por qué crees que los visitantes no cumplían las Normas? —preguntó Mamá.

Lily se puso a pensar y meneó la cabeza.

—No sé. Se portaban como... como...

—¿Como bestias? —sugirió Jonás riendo.

—Eso es —dijo Lily riendo también—. Como bestias.

Ninguno de los dos sabía qué quería decir exactamente esa palabra, pero se empleaba a menudo para referirse a una persona sin educación o torpe, alguien que no encajaba.

—¿De dónde eran los visitantes? —preguntó Papá.

Lily frunció el ceño tratando de hacer memoria.

—Nuestro jefe nos lo dijo al hacer el discurso de bienvenida, pero no me acuerdo. Será que no estaba prestando atención. Eran de otra comunidad. Tenían que irse muy temprano y almorzaron en el autobús.

Mamá dijo entonces:

—¿No te parece posible que sus normas sean distintas? En ese caso, sencillamente no sabrían qué Normas tenéis vosotros en el Área de Juegos.

Lily se encogió de hombros y asintió:

—Sería eso.

—Tú has ido a visitar otras comunidades, ¿no? —dijo Jonás—. Los de mi grupo hemos ido muchas veces.

Lily volvió a asentir:

—Cuando éramos Seises fuimos a pasar todo un día escolar con un grupo de Seises en su comunidad.

—¿Y cómo te sentiste mientras estabas allí?

Lily frunció las cejas.

—Me sentí rara. Porque sus procedimientos eran diferentes. Ellos estaban aprendiendo unas costumbres que mi grupo no había aprendido todavía, y nos sentíamos como tontos.

Papá escuchaba con interés.

—Estoy pensando, Lily —dijo—, en el chico de hoy que no cumplía las Normas. ¿No crees que sería posible que se sintiera raro y tonto al estar en un sitio nuevo con unas normas que no conocía?

Lily reflexionó.

—Sí —dijo por fin.

—A mí me da un poco de lástima —dijo Jonás—, aunque no le conozca. Me da lástima cualquiera que esté en un sitio donde se sienta raro y tonto.

—¿Y ahora cómo estás, Lily? —preguntó Papá—. ¿Sigues estando iracunda?

—Creo que no —decidió Lily—. Creo que siento un poco de lástima por él. Y me arrepiento de haber cerrado el puño —añadió, con una ancha sonrisa.

Jonás sonrió también a su hermana. Los sentimientos de Lily, pensó, eran siempre claros, bastante sencillos, fáciles de resolver por lo general; también los de él debían de haber sido así cuando era Siete.

Escuchó cortésmente, pero sin mucha atención, cuando tomó la palabra su padre, describiendo una inquietud que había sentido aquel día en el trabajo, una preocupación porque uno de los niños no marchaba bien. El padre de Jonás tenía el título de

Criador. Él y los otros Criadores eran los responsables de atender a todas las necesidades materiales y emocionales de todos los Nacidos durante el primer período de su vida. Era un puesto muy importante y Jonás lo sabía, pero no le interesaba demasiado.

—¿Es chico o chica? —preguntó Lily.

—Chico —dijo Papá—. Es un muchachito muy simpático, de excelente carácter. Pero no crece lo que debería crecer, ni duerme bien. Le tenemos en la sección de cuidados extraordinarios para darle crianza suplementaria, pero en el Comité se empieza a hablar de liberarle.

—¡Ah, no! —murmuró Mamá, compasiva—. ¡Qué triste tiene que ser eso para ti!

También Jonás y Lily hicieron gestos de condolencia. La liberación de niños siempre era triste, porque aún no habían tenido ocasión de disfrutar de la vida en la Comunidad. Y no habían hecho nada malo.

Sólo en dos casos la liberación no era castigo. Uno era la liberación de las personas muy ancianas, que era un momento de celebración por una vida vivida bien y con plenitud; y la liberación de los Nacidos, que siempre dejaba pensando: "¿Qué podíamos haber hecho?". Esto era especialmente desagradable para los Criadores como Papá, que sentían que de algún modo habían fracasado. Pero sucedía muy rara vez.

—En fin —dijo Papá—, yo lo voy a seguir intentando. Es posible que pida permiso al Comité para traerle aquí por las noches, si no os molesta. Ya sabéis cómo son los criadores del turno de noche. Yo creo que este muchachito necesita algo más.

—Por supuesto —dijo Mamá, y Jonás y Lily asintieron.

Ya otras veces habían oído a Papá quejarse del turno de noche. Era una ocupación de menos categoría, la de Criador de noche, que se asignaba a quienes no tenían la afición o la preparación o la inteligencia necesarias para el trabajo más vital de la jornada diurna. A la mayoría de los criadores de noche ni siquiera se les había dado cónyuge, porque por una razón u otra carecían de la capacidad esencial de relacionarse con los demás, que era requisito fundamental para crear una Unidad Familiar.

—A lo mejor hasta podríamos quedarnos con él —sugirió Lily dulcemente, poniendo cara de inocencia.

Jonás sabía que era una inocencia fingida; todos lo sabían.

—Lily —le recordó Mamá sonriendo—, ya conoces las Normas.

Dos hijos, chico y chica, por cada Unidad Familiar. Estaba escrito en las Normas con toda claridad.

Lily soltó una risilla.

—Bueno —dijo—, pensé que a lo mejor, por una sola vez...

A continuación habló de sus sentimientos Mamá, que ocupaba un alto cargo en el Departamento de Justicia. Ese día había comparecido ante ella un reincidente, un hombre que ya en otra ocasión había quebrantado las Normas. Un hombre que ella suponía que habría recibido un castigo adecuado y justo, y que había sido reinsertado en su trabajo, en su casa, en su Unidad Familiar. Verle llevado ante ella por segunda vez le causó unos sentimientos abrumadores de frustración y de ira. E incluso de culpa, por no haber sabido enderezar aquella vida.

—Además, temo por él —confesó—. Ya sabéis que a la tercera va la vencida. Las Normas dicen que si comete una tercera transgresión no queda otra alternativa que liberarle.

Jonás sintió un escalofrío. Sabía que sucedía. Incluso había un chico en su grupo de Onces cuyo padre había sido liberado hacía años. Nadie lo mencionaba nunca; era una deshonra que no se podía ni nombrar. Costaba trabajo imaginarlo.

Lily se puso en pie, se acercó a su madre y le acarició un brazo.

Papá, desde su sitio en la mesa, la tomó de la mano. Jonás la tomó de la otra.

Uno por uno la fueron consolando. No tardó en sonreír; les dio las gracias y murmuró que se sentía calmada.

El ritual continuó.

—¿Y tú, Jonás? —preguntó Papá—. Te has quedado el último esta noche.

Jonás suspiró. Aquella noche casi hubiera preferido no descubrir sus sentimientos. Pero eso era contrario a las Normas, claro.

—Me siento intranquilo —confesó, satisfecho de que por fin se le hubiera ocurrido la palabra apropiada.

—¿Y eso por qué, hijo?

Su padre se puso serio.

—Sé que en realidad no hay motivo para estarlo —explicó Jonás—, y que todos los adultos han pasado por ello. Sé que tú lo pasaste, Papá, y tú también, Mamá. Pero es la Ceremonia lo que me tiene intranquilo. Ya estamos casi en diciembre.

Lily alzó la vista, abriendo mucho los ojos.

—La Ceremonia del Doce —susurró en tono reverente.

Hasta los más pequeños, los de la edad de Lily y más jóvenes, sabían que a todos les esperaba en el futuro.

—Me alegro de que nos hayas dicho cómo te sientes —dijo Papá.

—Lily —dijo Mamá haciéndole una seña—, vete ya a ponerte el camisón. Papá y yo vamos a quedarnos un rato de charla con Jonás.

Lily suspiró, pero se bajó obedientemente de la silla.

—¿En privado? —preguntó.

Mamá asintió.

—Sí —dijo—, será una charla con Jonás en privado.

Capítulo Dos

Jonás esperó mientras su padre se servía otra taza de café.

—Te diré que a mí, cuando era joven —dijo por fin su padre—, cada mes de diciembre me ponía en tensión. Como seguro que os ha puesto también a ti y a Lily. Son muchos cambios los que trae cada diciembre.

Jonás asintió. Recordaba todos los diciembres desde aquel en que había pasado a ser, probablemente, Cuatro. Los anteriores se le habían borrado. Pero los presenciaba cada año y recordaba los diciembres de Lily desde el primero. Recordaba cuando su familia recibió a Lily, el día en que le pusieron nombre, el día en que Lily pasó a ser Uno.

La Ceremonia del Uno era siempre ruidosa y divertida. Cada mes de diciembre, todos los niños que habían nacido en el año anterior pasaban a ser Unos. Uno por uno –eran siempre cincuenta los que formaban el grupo del año, si ninguno había sido liberado– les iban subiendo al escenario los Criadores que les habían cuidado desde su nacimiento. Algunos ya andaban, tambaleándose sobre sus piernas inseguras; otros tenían sólo pocos días, y sus Criadores les sostenían en brazos, envueltos en mantitas.

—A mí me gusta la Imposición de Nombres —dijo Jonás, y su madre asintió sonriendo.

—El año que nos dieron a Lily —dijo—, nosotros sabíamos, por supuesto, que íbamos a recibir a nuestra hija, porque habíamos presentado la solicitud y nos la habían aceptado. Pero yo no hacía más que darle vueltas a qué nombre traería.

—Yo podía haber fisgado en la lista antes de la Ceremonia —confesó Papá—. El Comité siempre prepara la lista con antelación y está ahí, en la oficina del Centro de Crianza. Y, la verdad, me siento un poco culpable —prosiguió tras una pausa—, pero esta tarde sí he ido a mirar si estaba hecha la lista de nombres de este año. Estaba allí, en la oficina, y miré el número treinta y seis, que es el muchachito que me viene preocupando, porque se me ocurrió pensar que tal vez se criara mejor si yo le pudiera llamar por su nombre. Sólo en privado, claro está; cuando no haya nadie más.

—¿Y lo encontraste? —preguntó Jonás.

Estaba fascinado. No parecía una norma importantísima, pero el hecho de que su padre hubiera quebrantado una norma le impresionaba profundamente. Echó una mirada a su madre, la responsable del cumplimiento de las Normas, y le tranquilizó ver que sonreía.

Su padre asintió.

—Se va a llamar (suponiendo, claro está, que llegue a la Imposición sin ser liberado) Gabriel. Así que yo le llamo así en voz baja cuando le alimento cada cuatro horas, y durante el ejercicio y el tiempo de juego. Si no me oye nadie. Bueno, la verdad es que le llamo Gabi —añadió risueño.

—¡Gabi!

Jonás lo ensayó y le pareció un buen nombre.

Él, Jonás, pasaba a Cinco nada más el año en que les llegó Lily y supieron su nombre, pero recordaba la emoción, las conversaciones en casa pensando en ella: cómo sería, qué aspecto tendría, cómo encajaría en la Unidad Familiar ya constituida. Recordaba cómo subió al escenario con sus padres; su padre estaba aquel año a su lado en vez de estar con los Criadores, porque era el año en que iba a recibir a un Nacido para él.

Recordaba que su madre tomó en brazos al Nacido, su hermana, mientras se leía el documento a las Unidades Familiares congregadas.

—Niño veintitrés —había leído el Nombrador—. Lily.

Recordaba la cara de alegría que puso su padre y que había dicho en voz baja: "Es una de mis favoritas. Estaba deseando que fuera ésa". La gente aplaudió y Jonás se puso muy contento. Le gustó el nombre de su hermana. Lily, apenas despierta, había agitado un puñito cerrado. Luego bajaron del escenario para dejar el sitio a la siguiente Unidad Familiar.

—Cuando yo era Once como tú, Jonás —decía ahora su padre—, estaba muy impaciente esperando la Ceremonia del Doce. Son dos días que se hacen largos. Me acuerdo de que disfruté con los Unos, como disfruto siempre, pero no presté mucha atención a las otras Ceremonias, excepto a la de mi hermana. Ese año mi hermana pasaba a Nueve y recibía la bicicleta. Yo le había estado enseñando a montar en la mía, aunque técnicamente no debía hacerlo.

Jonás se echó a reír. Era una de las pocas Normas que no se tomaban muy en serio y casi siempre se quebrantaban. Todos los niños recibían sus bicicletas al llegar a Nueve; antes no les estaba permitido montar en bici. Pero casi siempre el hermano o la hermana mayor había enseñado en secreto al más pequeño. Jonás estaba pensando ya en enseñar a Lily.

Se hablaba de cambiar la Norma y dar las bicicletas antes. Un comité estaba estudiando la idea. Cuando algo pasaba a ser estudiado por una comisión, la gente siempre hacía chistes; se decía que los miembros de la comisión llegarían a Ancianos antes de que la Norma se cambiara.

Era muy difícil cambiar las Normas. A veces, si la Norma era muy importante (no como la de la edad de montar en bici), había que acabar pidiendo dictamen al Receptor. El Receptor era el más importante de los Ancianos. Jonás no tenía idea de haberle visto nunca; una persona con un cargo tan importante vivía y trabajaba sola. Pero la comisión jamás molestaría al Receptor por un asunto de bicicletas. Se limitarían a analizarlo y discutirlo entre ellos durante años y años, hasta que a los ciudadanos se les olvidara que se les había encargado estudiarlo.

Su padre siguió hablando.

—Así que cuando mi hermana Katia pasó a Nueve y se quitó las cintas del pelo y recibió su bicicleta, estuve atento y me uní a las aclamaciones —continuó—. Luego, a los Dieces y a los Onces no les hice mucho caso. Y por fin, al final del segundo día, que pareció que no se acababa nunca, llegó mi turno. La Ceremonia del Doce.

Jonás se estremeció. Se imaginó a su padre, que tenía que haber sido un niño callado y tímido, porque era un hombre callado y tímido, sentado con su grupo, esperando que le llamaran al escenario. La Ceremonia del Doce era la última de las Ceremonias. La más importante.

—Me acuerdo de lo ufanos que estaban mis padres, y mi hermana también; aunque estaba deseando salir a pasear con la bici en público, cuando llegó mi turno dejó de brincar y se estuvo muy quieta y muy atenta. Pero si hemos de ser sinceros, Jonás —añadió su padre—, digamos que para mí no había el elemento de misterio que hay en el caso de tu Ceremonia. Porque yo iba ya bastante seguro de cuál iba a ser mi Misión.

Jonás se sorprendió. No había manera, realmente, de saberlo por adelantado. Era una selección secreta, que hacían los Jefes de la Comunidad, el Comité de Ancianos; y se tomaban tan en serio esa responsabilidad que sobre las Misiones ni siquiera se hacían chistes jamás.

También Mamá puso cara de sorpresa.

—¿Cómo podías saberlo? —preguntó.

Papá sonrió con su gesto bondadoso.

—Para mí estaba claro cuál era mi aptitud; y mis padres me confesaron después que también para ellos había sido evidente. A mí siempre me habían gustado los Nacidos más que nada. Cuando los amigos de mi grupo de edad echaban carreras en bici, o hacían vehículos o puentes con sus juegos de construcciones, o...

—Todas las cosas que yo hago con mis amigos —señaló Jonás, y su madre asintió.

—Yo participaba siempre, por supuesto, porque de niños tenemos que experimentar todas esas cosas. Y en la escuela era muy aplicado, como tú, Jonás. Pero un día sí y otro también, lo que me atraía en el tiempo libre eran los Nacidos. Me pasaba casi todas las horas de voluntariado ayudando en el Centro de Crianza. Y claro está que eso lo sabían los Ancianos, por su observación.

Jonás asintió. Durante aquel año se había dado cuenta de que la observación era más intensa. En la escuela, en el tiempo de recreación y durante las horas de voluntariado, había notado que los Ancianos los observaban, a él y a los otros Onces. Les había visto tomar notas. Sabía, además, que los Ancianos mantenían largas reuniones con todos los Instructores que él y los demás Onces habían tenido durante sus años de escolaridad.

—Así que me lo esperaba, y cuando se anunció que mi Misión era la de Criador, me alegré, pero no me llevé ninguna sorpresa —explicó Papá.

—¿Y aplaudieron todos, aunque no fuera sorpresa? —preguntó Jonás.

—¡Ah, claro que sí! Se alegraron por mí de que mi Misión fuera lo que más me gustaba. Yo me sentí muy afortunado.

Y su padre sonrió.

—¿Alguno de los Onces se llevó una decepción en tu año? —preguntó Jonás.

Él, a diferencia de su padre, no tenía ni idea de cuál sería su Misión. Pero sabía que algunas le decepcionarían. Respetaba el trabajo de su padre, pero no le apetecía ser Criador. Y los Obreros tampoco le daban ninguna envidia.

Su padre hizo memoria.

—No, creo que no. Es verdad que los Ancianos hacen muy bien sus observaciones y su selección.

—Yo diría que probablemente es el trabajo más importante de nuestra Comunidad —comentó Mamá.

—Mi amiga Yoshiko se sorprendió de ser seleccionada para Médico —dijo Papá—, pero la entusiasmó. Y vamos a ver, en el caso de Andrei..., recuerdo que cuando éramos pequeños Andrei nunca quería hacer esfuerzos físicos. Se pasaba todo el tiempo de recreación que podía con el juego de construcciones y las horas de voluntariado siempre en solares en obras. Los Ancianos lo sabían, cómo no. A Andrei se le dio la Misión de Ingeniero y le encantó.

—Andrei fue después quien diseñó el puente que cruza el río al oeste de la ciudad —dijo la madre de Jonás—. Cuando éramos pequeños no existía.

—Es muy raro que haya decepciones, Jonás. Yo que tú no me preocuparía —le tranquilizó su padre—. Y en todo caso, ya sabes que hay un procedimiento de apelación.

Pero ante eso se echaron a reír los tres: las apelaciones pasaban a ser estudiadas por una comisión.

—Me preocupa un poco la Misión de Asher —confesó Jonás—. Asher es muy divertido, pero la realidad es que no le interesa nada en serio. De todo hace un juego.

Su padre rió por lo bajo.

—Sabes —dijo—, yo me acuerdo de Asher cuando era un Nacido en el Centro de Crianza, cuando aún no tenía nombre. No lloraba jamás, se reía con cualquier cosa. A todo el personal le gustaba atender a Asher.

—Los Ancianos conocen a Asher —dijo Mamá—. Sabrán darle exactamente la Misión que le conviene. No creo que debas preocuparte por él. Pero déjame que te advierta, Jonás, una cosa que quizá no se te haya ocurrido. Yo sé que no lo pensé hasta después de mi Ceremonia del Doce.

—¿Qué?

—Es la última de las Ceremonias, ya sabes. A partir del Doce la edad no importa. La mayoría perdemos incluso la cuenta de los años que tenemos conforme va pasando el tiempo, aunque es un dato que está en el Registro Público y podríamos ir a mirarlo si quisiéramos. Lo importante es la preparación para la vida adulta y la formación que recibas para tu Misión.

—Ya lo sé —dijo Jonás—. Todo el mundo lo sabe.

—Pero eso significa —continuó su madre— que entrarás en un grupo nuevo. Como cada uno de tus amigos. Ya no pasarás el tiempo con tu grupo de Onces. Después de la Ceremonia del Doce, estarás con el grupo de tu Misión, con el grupo en formación. Se acabaron las horas de voluntariado, se acabaron las horas de recreación. De modo que ya no tendrás tan cerca a tus amigos.

Jonás meneó la cabeza.

—Asher y yo seremos amigos siempre —dijo rotundamente—. Y seguiré yendo a la escuela.

—Eso es verdad —reconoció su padre—, pero también es verdad lo que ha dicho tu madre. Habrá cambios.

—Cambios para bien, desde luego —señaló Mamá—. Yo, tras la Ceremonia del Doce, eché de menos la recreación de mi infancia. Pero cuando empecé la formación en Leyes y Justicia me vi rodeada de personas que compartían mis aficiones. Entonces hice amigos a otro nivel, amigos de todas las edades.

—¿Y seguiste jugando a algo después del Doce? —preguntó Jonás.

—De tarde en tarde —respondió su madre—. Pero ya no me parecía tan importante.

—Yo sí —dijo Papá riendo—. Y todavía juego. Todos los días, en el Centro de Crianza, juego a tortas–tortitas y a cucú y a aserrín–aserrán.

E, inclinándose hacia Jonás, le pasó la mano sobre el pelo, que llevaba muy bien recortado.

—La diversión no acaba en el Doce.

En la puerta apareció Lily en camisón y soltó un suspiro de impaciencia.

—Esta conversación privada está resultando muy larga —dijo—. Y algunas personas están esperando su objeto sedante.

—Lily —dijo su madre con cariño—, te falta muy poco para ser Ocho, y cuando seas Ocho se te quitará el objeto sedante. Será reciclado para los niños más pequeños. Deberías empezar a irte a dormir sin él.

Pero ya su padre se había acercado a la estantería para coger el elefante de peluche que se guardaba allí. Muchos de los objetos sedantes eran así, como el de Lily, seres imaginarios blandos, de peluche. Al que había tenido Jonás le llamaban oso.

—Aquí tienes, Lili–laila —dijo Papá—. Yo iré a ayudarte a quitarte las cintas del pelo.

Jonás y su madre pusieron los ojos en blanco, pero miraron sonrientes mientras Lily y su padre se dirigían al dormitorio de ella con el elefante de peluche que se le había asignado como objeto sedante personal cuando nació. Mamá pasó a su escritorio y abrió su cartera; daba la impresión de que su trabajo no se acababa nunca, ni siquiera cuando estaba en casa por las noches. Jonás se fue a su escritorio y se puso a ordenar los papeles de la escuela para hacer los deberes del día. Pero seguía pensando en diciembre y en la Ceremonia que se aproximaba.

La charla con sus padres le había tranquilizado, pero no tenía la menor idea de qué Misión estarían escogiendo los Ancianos para su futuro ni de qué sentiría cuando llegara ese momento.

Capítulo Tres

Mírale! ¿A que es muy rico? —chilló Lily entusiasmada—.
¡Mira qué chiquitín es! ¡Y tiene los ojos raritos como tú,
Jonás!

Jonás le lanzó una mirada furibunda. No le gustó esa alusión
a sus ojos y esperaba que su padre la castigara. Pero Papá estaba
muy atareado en desatar el capacho de la trasera de su bicicleta.
Jonás se acercó a mirar.

Fue lo primero que le llamó la atención del Nacido que miraba con curiosidad desde el capacho, los ojos claros.

Casi todos los ciudadanos de la Comunidad tenían los ojos
oscuros. Así los tenían sus padres, y Lily, y todos los miembros
de su grupo y amigos. Pero había algunas excepciones, como el
propio Jonás; y una Cinco en la que él se había fijado también
tenía los ojos distintos, más claros. Nadie hacía mención de tales cosas; no era una Norma, pero se consideraba grosero señalar lo que un individuo tuviera de diferente o inquietante. Jonás
pensó que Lily tendría que aprender eso pronto, porque si no sería llamada a castigo por parlotear a lo loco.

Papá metió la bici en su aparcamiento y luego cogió el capacho y lo llevó a la casa. Lily fue tras él, pero se volvió para decir a Jonás, por hacerle rabiar: "A lo mejor tuvo la misma Paridora que tú".

Jonás se encogió de hombros y entró en la casa detrás de ellos. Pero le habían extrañado los ojos del Nacido. En la Comunidad había pocos espejos; no estaban prohibidos, pero realmente no eran necesarios, y lo cierto era que Jonás no se molestaba mucho en mirarse al espejo allí donde lo había. Ahora, viendo al Nacido y la expresión de su cara, le vino a la memoria que los ojos claros, además de ser una rareza, daban a quien los tenía un cierto aspecto de... ¿qué era? De profundidad, decidió; como si mirases el agua clara del río hasta el fondo, donde podía haber cosas que aún no estuvieran descubiertas. Y se sintió cohibido al darse cuenta de que también él tenía ese aspecto.

Se fue a su escritorio, fingiendo desinterés por el Nacido. Al otro extremo de la habitación, Mamá y Lily se inclinaban a mirar mientras Papá desliaba la mantita.

—¿Cómo se llama su objeto sedante? —preguntó Lily cogiendo el ser de peluche que venía en el capacho junto al Nacido.

Papá le echó una ojeada.

—Hipopótamo —dijo.

Lily acogió con risas aquella palabra extraña.

—¡Hipopótamo! —repitió, devolviendo el objeto sedante a su sitio.

Y se asomó a mirar al Nacido, que, ya desenvuelto, agitaba los brazos.

—A mí los Nacidos me parecen muy ricos —suspiró—. Ojalá que me toque la Misión de Paridora.

—¡Lily! —dijo Mamá con severidad—. No digas eso. Es una Misión de muy poco honor.

—Pues yo he estado hablando con Natacha, ¿sabes?, la Diez que vive a la vuelta. Hace algunas de sus horas de voluntariado en el Centro de Partos. Y me ha contado que las Paridoras comen unas cosas maravillosas, y que tienen unos períodos de ejercicio muy suaves, y que la mayor parte del tiempo no tienen otra cosa que hacer que jugar y entretenerse. Yo creo que eso me gustaría —dijo Lily con descaro.

—Tres años —le replicó Mamá con firmeza—. Tres partos y se acabó. Pasado eso, Obreras durante el resto de su vida adulta, hasta el día en que ingresen en la Casa de los Viejos. ¿Es eso lo que tú quieres, Lily? ¿Tres años de holgazanería y luego trabajos físicos duros hasta que seas vieja?

—Bueno, no, eso no —reconoció Lily a regañadientes.

Papá dio la vuelta al Nacido en el capacho, poniéndole boca abajo; luego se sentó a su lado y empezó a frotarle la espalda con un movimiento rítmico.

—En cualquier caso, Lili–laila —dijo papá con cariño—, las Paridoras jamás llegan a ver a los Nacidos. Si tanto te gustan los chiquitines, deberías poner tus esperanzas en la Misión de Criadora.

—Cuando seas Ocho y empieces tus horas de voluntariado, podrías probar en el Centro de Crianza —sugirió Mamá.

—Sí, seguramente lo haré —dijo Lily, y se arrodilló al lado del capacho—. ¿Cómo has dicho que se llama? ¿Gabriel? ¡Hola, Gabriel! —dijo con voz cantarina, y luego se rió por lo bajo—. ¡Uuups...! —susurró—, creo que se ha dormido. Mejor me callo.

Jonás volvió a los deberes que tenía sobre el escritorio. "No será verdad", pensó. ¡Callarse Lily! A lo que debía aspirar era a una Misión de Locutora, para estar todo el día en la oficina con un micrófono delante, leyendo comunicaciones. Se rió para sus adentros, imaginándose a su hermana con aquella voz engolada que se les ponía a todos los Locutores, diciendo cosas como: "ATENCIÓN. RECORDAMOS A TODAS LAS NIÑAS MENORES DE NUEVE QUE LAS CINTAS DEL PELO DEBEN PERMANECER BIEN ATADAS EN TODO MOMENTO".

Y volviéndose a mirar a Lily comprobó con satisfacción que llevaba las cintas como en ella era costumbre, desatadas y colgando. Seguro que enseguida iba a sonar una Comunicación así, dirigida principalmente a Lily, aunque, por supuesto, sin decir su nombre. Pero todo el mundo lo sabría.

Todo el mundo había sabido, recordó con humillación, que aquélla de: "ATENCIÓN. RECORDAMOS A LOS ONCES QUE NO SE PERMITE SACAR OBJETOS DEL ÁREA DE RECREACIÓN Y QUE LOS TENTEMPIÉS SON PARA CONSUMIRLOS, NO PARA GUARDARLOS" había sido dirigida específicamente a él, aquel día del mes pasado que se llevó una manzana a casa. Nadie había hablado de ello, ni siquiera sus padres, porque bastaba la Comunicación Pública para producir el debido arrepentimiento. Él, por supuesto, había tirado la manzana y había pedido disculpas al Director de Recreación a la mañana siguiente, antes de ir a la escuela.

Volvió a pensar en aquel incidente, que todavía le tenía perplejo. No por la Comunicación ni la disculpa obligada, que eran procedimientos habituales y se los había merecido, sino por el incidente en sí. Tal vez habría debido declarar aquel estado de perplejidad esa misma noche, cuando la Unidad Familiar compartió sus sentimientos del día; pero no había sabido descubrir la causa de su confusión ni ponerle nombre, así que lo dejó pasar.

Había ocurrido durante el período de recreación, mientras jugaba con Asher. Jonás cogió sin pensar una manzana de la cesta donde se ponían los tentempiés y se la tiró a su amigo. Asher se la tiró a él, y empezaron un juego sencillo de pelota.

La cosa no tenía nada de especial, era una actividad que había practicado innumerables veces: tirar, coger; tirar, coger. Para Jonás no suponía ningún esfuerzo y era hasta aburrido, aunque a Asher le gustaba, y para Asher aquel juego era una actividad necesaria porque servía para mejorar su coordinación visual y motora, que era deficiente.

Pero de repente Jonás, siguiendo con los ojos la trayectoria de la manzana por el aire, se había dado cuenta de que la fruta –y ésta era la parte que no alcanzaba a comprender bien–, de que la manzana había cambiado. Sólo por un instante. Había cambiado en el aire, recordaba. Enseguida la tuvo en la mano y la miró atentamente, pero era la misma manzana. Inalterada. Tenía el mismo tamaño y la misma forma, una esfera perfecta. El mismo tono indefinido, más o menos como el de su túnica.

Aquella manzana no tenía absolutamente nada de particular. Jonás se la había lanzado de una mano a la otra varias veces y después se la volvió a tirar a Asher. Y nuevamente, en el aire, sólo por un instante, cambió.

Eso había sucedido cuatro veces. Jonás parpadeó, miró a todas partes, y para comprobar el estado de su vista miró, bizqueando, a las letras pequeñas de la etiqueta de identificación que llevaba cosida a la túnica. Leyó su nombre con toda claridad. También veía muy claramente a Asher, al otro extremo del Área de Tiro. Y no había tenido problemas para atrapar la manzana.

Se quedó hecho un lío.

—¡Ash! —gritó—. ¿Tú ves algo raro en la manzana?

—Sí —respondió Asher riendo—. ¡Veo que me salta de la mano al suelo!

Se le acababa de caer otra vez.

Con que también Jonás se echó a reír, y con la risa intentó distraerse del molesto convencimiento de que algo había ocurrido. Pero se llevó la manzana a su casa, quebrantando las Normas del Área de Recreación. Esa noche, antes de que llegaran sus padres y Lily, la sostuvo en las manos y la examinó detenidamente. Ahora estaba un poco machucada, porque a Asher se le había caído varias veces. Pero no tenía nada de insólito.

La había mirado con lupa. La había tirado varias veces al aire, siguiéndola con la vista, y la había hecho girar sobre su escritorio, esperando que aquello volviera a suceder.

Pero no. Lo único que pasó fue, más tarde, la Comunicación por los altavoces, la Comunicación que le había señalado sin pronunciar su nombre, que había hecho que su padre y su madre dirigieran miradas muy significativas a su escritorio, donde todavía estaba la manzana.

Ahora, sentado a ese escritorio con los ojos fijos en los deberes mientras su familia iba y venía alrededor del capacho del Nacido, sacudió la cabeza intentando olvidar el extraño incidente. Tuvo que hacer un esfuerzo de voluntad para ordenar los papeles y tratar de estudiar un poco antes de la cena. El Nacido, Gabriel, rebullía y lloriqueaba, y Papá hablaba en voz baja a Lily, explicándole cómo había que darle de comer mientras abría el envase que contenía la papilla y los instrumentos.

La noche transcurrió como transcurrían todas las noches en la Unidad Familiar, en la casa, en la Comunidad: tranquila, reflexiva, un tiempo de renovación y preparación para el día siguiente. Lo único que tuvo de diferente fue el habérsele añadido el Nacido, con aquellos ojos claros de mirada inteligente y solemne.

Capítulo Cuatro

Jonás rodaba sin prisas, mirando a los aparcamientos que había junto a los edificios por ver si descubría la bicicleta de Asher. No era frecuente que hiciera las horas de voluntariado con su amigo, porque lo habitual era que Asher se pusiera a hacer el bobo y resultara un poco difícil trabajar en serio. Pero ahora que faltaba tan poco tiempo para el Doce y el final del voluntariado, eso ya no tenía importancia.

La libertad de elegir dónde quería uno pasar esas horas siempre le había parecido a Jonás un lujo maravilloso, porque las demás horas del día estaban minuciosamente programadas.

Recordaba cuando llegó a Ocho, como iba a llegar Lily enseguida, y se encontró con aquella libertad de elegir. Siempre los Ochos empezaban sus horas de voluntariado un poco nerviosos, con risillas y en grupos de amigos. Casi sin excepción hacían al principio sus horas en Servicios de Recreación, ayudando a los menores que ellos en un ambiente donde todavía se sentían a sus anchas. Pero con la orientación debida, según iban adquiriendo madurez y confianza en sí mismos, pasaban a otras tareas, gravitando hacia aquellas que mejor se acomodaban a las aficiones y capacidades de cada uno.

Un Once llamado Benjamín había hecho casi sus cuatro años íntegros en el Centro de Rehabilitación, trabajando con ciudadanos lesionados. Se rumoreaba que ya sabía tanto como los propios Directores de Rehabilitación, y que incluso había inventado aparatos y métodos para acelerar el proceso. No cabía la menor duda de que Benjamín recibiría su Misión en ese campo y probablemente se le permitiría saltarse la mayor parte de la formación.

A Jonás le impresionaba lo que había logrado Benjamín. Le conocía, naturalmente, porque siempre habían sido compañeros de grupo, pero no habían hablado nunca de aquellos logros porque esa clase de conversación habría sido incómoda para Benjamín. No había ninguna manera sencilla de mencionar o comentar los éxitos propios sin transgredir la Norma que prohibía presumir, aunque fuera sin querer. Era una Norma secundaria, un poco como las de cortesía, que sólo se castigaba con una reprensión moderada. Pero aun así. Mejor huir de una ocasión donde regía una norma que era tan fácil quebrantar.

Jonás dejó atrás la zona de casas y pasó por delante de las edificaciones comunitarias, esperando ver la bici de Asher aparcada junto a una de las fábricas pequeñas o un bloque de oficinas. Pasó el Centro Infantil, donde iba Lily al salir de la escuela, y las Áreas de Juegos que lo rodeaban. Atravesó la Plaza Central y pasó el gran Auditorio, donde se celebraban las asambleas.

Frenó para mirar las placas de las bicis que estaban alineadas delante del Centro de Crianza. Después examinó las que había en Distribución Alimentaria; siempre era divertido ayudar en los repartos y le habría gustado encontrar allí a su amigo, porque así habrían podido hacer juntos la ronda diaria, llevando los cartones de suministros a las casas de la Comunidad. Pero donde por fin encontró la bici de Asher –ladeada, como siempre, en vez de derecha en su plaza de aparcamiento, como debía estar— fue en la Casa de los Viejos.

Sólo había otra bici de niño allí, la de una Once que se llamaba Fiona. A Jonás le caía bien Fiona. Era aplicada en los estudios, tranquila y amable, pero a la vez tenía sentido del humor, y no le sorprendió que aquel día estuviera trabajando con Asher. Aparcó bien su bici junto a las de ellos y entró en el edificio.

—Hola, Jonás —le saludó la Recepcionista.

Le dio la hoja donde había que firmar y estampó el sello oficial junto a su firma. Todas sus horas de voluntariado quedaban escrupulosamente tabuladas en el Registro Público. Entre los niños se cuchicheaba que una vez, hacía mucho tiempo, cuando un Once llegó a la Ceremonia del Doce, se oyó una Comunicación Pública que decía que no había totalizado el número exigido de horas de voluntariado y que, por lo tanto, no se le daría su Misión. Se le concedió un mes más para completar las horas y entonces se le dio la Misión en privado, sin aplausos, sin celebración: una vergüenza que había oscurecido todo su futuro.

—Está bien que hoy tengamos voluntarios —dijo la Recepcionista—. Esta mañana hemos celebrado una liberación y eso siempre descabala un poco el horario y se acumula el trabajo —y consultó una hoja impresa—. Vamos a ver: Asher y Fiona están ayudando en la sala de baños. ¿Por qué no vas con ellos? Sabes dónde es, ¿verdad?

Jonás asintió, le dio las gracias y echó a andar por el largo pasillo, mirando a las habitaciones de ambos lados. Los Viejos estaban sentados tranquilamente; algunos visitaban a otros y charlaban con ellos, otros hacían labores y trabajos manuales sencillos y unos pocos dormían. Todas las habitaciones estaban amuebladas con comodidad y los suelos eran de moqueta gruesa. Era un lugar sosegado, donde todo se hacía con calma, lo contrario de los bulliciosos centros de manufactura y distribución, donde se desarrollaba el trabajo diario de la Comunidad.

Jonás se alegraba de haber escogido hacer sus horas, a lo largo de los años, en sitios diversos, para poder experimentar las diferencias. Pero se daba cuenta de que, por no haberse centrado en una sola cosa, ahora no tenía la menor idea, ni siquiera un atisbo, de lo que sería su Misión.

Rió para sus adentros, y se dijo: "¿Otra vez pensando en la Ceremonia, Jonás?". Pero sospechaba que, estando tan cerca la fecha, todos sus amigos estarían pensando en lo mismo.

Adelantó a un Cuidador que caminaba lentamente con una Vieja por el pasillo. "Hola, Jonás", saludó el joven uniformado, con una sonrisa agradable. La mujer a la que llevaba del brazo iba encorvada y arrastrando los pies, calzados con zapatillas blandas. Miró hacia Jonás y sonrió, pero la mirada de sus ojos oscuros era turbia e inexpresiva, y Jonás se dio cuenta de que estaba ciega.

Entró en la sala de baños, donde el aire era tibio y húmedo y olía a lociones limpiadoras. Se quitó la túnica, la colgó cuidadosamente de una percha de la pared y se puso la bata de voluntario que había doblada sobre una repisa.

—¿Qué hay, Jonás? —saludó Asher desde el rincón donde estaba arrodillado junto a una bañera.

Jonás vio a Fiona a poca distancia, junto a otra bañera. Fiona alzó la vista y le sonrió, pero estaba muy atareada en frotar suavemente a un hombre tendido en el agua tibia.

Jonás les saludó y también a los Cuidadores que trabajaban cerca. Después se dirigió a la hilera de tumbonas donde estaban esperando otros Viejos. No era la primera vez que trabajaba allí y sabía lo que había que hacer.

—Tu turno, Larissa —dijo, leyendo la etiqueta que llevaba la mujer en la bata—. Voy a soltar el agua y enseguida te ayudo a levantarte.

Pulsó el botón de una bañera próxima desocupada y vio cómo entraba el agua caliente por los muchos agujeritos que había en los costados. En un minuto estaría llena la bañera y la entrada de agua cesaría automáticamente.

Ayudó a la mujer a levantarse de la tumbona, la condujo a la bañera, le quitó la bata y la sujetó por un brazo mientras ella se metía. Larissa se tumbó y dio un suspiro de placer, apoyando la cabeza en un soporte almohadillado.

—¿Estás cómoda? —preguntó Jonás.

Ella asintió con los ojos cerrados. Jonás echó loción limpiadora en la esponja limpia que había en el borde de la bañera y empezó a lavar el frágil cuerpo de la Vieja.

La noche anterior había visto a su padre lavar al Nacido. Esto venía a ser lo mismo: la piel delicada, el efecto sedante del agua, el movimiento suave de la mano, resbaladiza por el jabón. La sonrisa relajada y apacible de la mujer le recordaba la cara que ponía Gabriel en el baño.

Y la desnudez también. Era contrario a las Normas que los niños o los adultos se vieran unos a otros desnudos, pero esa regla no se aplicaba ni a los Nacidos ni a los Viejos. A Jonás le parecía bien. Era un fastidio tener que taparse mientras se cambiaba uno de ropa para los juegos, y la disculpa obligada si por descuido se vislumbraba el cuerpo de otro resultaba siempre incómoda. No entendía que fuera necesario. Le gustaba la sensación de seguridad que había en aquel recinto tibio y tranquilo; le gustaba la expresión de confianza que había en el rostro de la mujer allí tendida en el agua, sin protección, descubierta y libre.

Por el rabillo del ojo vio que su amiga Fiona ayudaba al Viejo a salir de la bañera y le secaba tiernamente el cuerpo flaco y desnudo con un paño absorbente. Luego le ayudó a ponerse la bata.

Jonás pensó que Larissa se había adormilado, como era frecuente en los Viejos, y procuró no hacer movimientos bruscos para no despertarla. Le sorprendió que le hablara sin abrir los ojos.

—Esta mañana hemos celebrado la liberación de Roberto —dijo—. Ha sido maravillosa.

—¡Yo conocía a Roberto! —dijo Jonás—. Le ayudé a comer la última vez que estuve aquí, hace unas semanas. Era un hombre muy interesante.

Larissa abrió los ojos con expresión alegre.

—Contaron toda su vida antes de liberarle —dijo—. Siempre se hace. Pero la verdad es que —susurró con gesto de picardía— algunas historias son un poco aburridas. Yo he visto incluso a algunos de los Viejos quedarse dormidos durante la historia; cuando liberaron a Edna hace poco. ¿Tú conocías a Edna?

Jonás negó con la cabeza. No recordaba a nadie de ese nombre.

—Pues, en fin, pretendieron que su vida pareciera importante. Y, por supuesto que todas las vidas son importantes —añadió remilgosa—, no voy a decir yo que no lo sean. Pero es que Edna, ¡en fin! Fue Paridora y luego trabajó en Producción Alimentaria muchos años, hasta que vino aquí. Ni siquiera tuvo nunca Unidad Familiar.

Larissa alzó la cabeza y miró en derredor para cerciorarse de que nadie escuchaba, y entonces confesó:

—A mí me parece que Edna no era muy despierta.

Jonás se echó a reír. Aclaró el brazo izquierdo de Larissa, lo volvió a depositar en el agua y empezó a lavarle los pies. Ella murmuró de gusto al sentir el masaje de la esponja en los pies.

—Pero la vida de Roberto fue maravillosa —siguió contando al cabo de un momento—. Había sido Instructor de Onces, ya sabes lo importante que es eso, y había sido miembro del Comité de Planificación. Y, bueno, yo no sé de dónde pudo sacar el tiempo, porque además educó a dos hijos con mucho éxito, y además fue quien diseñó el paisajismo de la Plaza Central. El trabajo material no lo hizo él, por supuesto.

—Ahora la espalda. Échate hacia delante y yo te ayudo a incorporarte.

Jonás la rodeó con un brazo y la sostuvo mientras se incorporaba; le aplicó la esponja a la espalda y empezó a frotar los huesudos hombros.

—Cuéntame cómo fue la celebración.

—Pues se contó la historia de su vida. Eso es lo primero siempre. Después el brindis. Todos alzamos la copa y le aclamamos. Entonamos el himno. Él hizo un discurso de despedida precioso. Y varios hicieron pequeños discursos deseándole todo bien. Pero yo no, porque no he sido nunca aficionada a hablar en público. Él estaba encantado. Tendrías que haber visto la cara de contento que llevaba cuando se fue.

Jonás hizo más lentas las pasadas de su mano por la espalda, meditando.

—Larissa —preguntó—, ¿qué pasa en el momento real de la liberación? ¿Adónde exactamente se ha ido Roberto?

Ella levantó apenas los hombros mojados.

—No lo sé. No creo que lo sepa nadie, excepto el Comité. Roberto no hizo más que saludarnos a todos con una inclinación y se fue andando, como se van todos, por la puerta especial de la Sala de Liberación. Pero tendrías que haber visto su expresión. De pura felicidad, diría yo.

Jonás sonrió.

—Me gustaría haber estado para verlo.

Larissa frunció las cejas.

—No sé por qué no dejan venir a los niños. Será por problemas de espacio, me imagino. Deberían ampliar la Sala de Liberación.

—Habrá que sugerírselo al Comité. A lo mejor lo estudian —dijo Jonás maliciosamente.

Larissa soltó una carcajada.

—¡Exacto! —exclamó, y Jonás la ayudó a salir de la bañera.

CAPÍTULO CINCO

Generalmente, en el rito matutino de que cada miembro de la familia relatara sus sueños, Jonás no aportaba gran cosa, porque era raro que soñase. A veces se despertaba con una impresión de retazos de sueño volanderos, pero no era capaz de fijarlos y componer con ellos algo que mereciera ser contado en el rito.

Pero aquella mañana fue distinto. La noche anterior había soñado con gran vividez.

Se distrajo mientras Lily, como de costumbre, refería un sueño muy largo, en este caso una pesadilla en la que ella, transgrediendo las Normas, iba montada en la bicicleta de su madre, y los Guardias de Seguridad la detenían.

Todos escucharon atentamente y comentaron con Lily lo que el sueño parecía indicar.

—Gracias por tu sueño, Lily.

Jonás dijo la frase de rigor automáticamente y trató de prestar más atención mientras su madre hablaba de un fragmento de sueño, una escena inquietante en la que era castigada por una infracción de las Normas que no entendía. Juntos convinieron en que probablemente era resultado de lo que sintió al tener que dictar castigo a aquel ciudadano que había cometido una infracción grave por segunda vez.

Papá dijo que él no había soñado nada.

—¿Tú, Gabi? —preguntó, bajando la vista al capacho donde el Nacido yacía gorgoteando después de su alimentación, dispuesto para ser nuevamente trasladado al Centro de Crianza para pasar allí el día.

Todos rieron. La narración de sueños empezaba al llegar a Tres. Si los Nacidos soñaban, nadie lo sabía.

—¿Y tú, Jonás? —preguntó Mamá.

Siempre le preguntaban, aunque sabían que era muy raro que Jonás tuviera un sueño que contar.

—Yo sí he soñado esta noche —dijo Jonás.

Y cambió de postura en el asiento, frunciendo el ceño.

—Bien —dijo Papá—. Cuéntanos.

—La verdad es que los detalles no los tengo claros —explicó Jonás, tratando de recrear mentalmente el extraño sueño—. Creo que estaba en la sala de baños de la Casa de los Viejos.

—Ahí es donde estuviste ayer —señaló Papá.

Jonás asintió.

—Sí, pero en realidad no era lo mismo. En el sueño había una bañera, pero una nada más; y en la sala de baños verdadera hay muchísimas. Pero el lugar del sueño estaba tibio y húmedo. Y yo me había quitado la túnica, pero no me había puesto la bata, así que tenía el pecho sin nada. Estaba sudando, por el calor que hacía. Y estaba allí Fiona, lo mismo que ayer.

—¿Y Asher también? —preguntó Mamá.

Jonás negó con la cabeza.

—No. No estábamos más que Fiona y yo, solos en la habitación, de pie junto a la bañera. Ella se reía, pero yo no. Yo estaba casi un poco enfadado con ella, en el sueño, porque no me tomaba en serio.

—¿En qué no te tomaba en serio? —preguntó Lily.

Jonás miró a su plato. Por alguna razón que no entendía, sentía un poco de vergüenza.

—Creo que yo intentaba convencerle de que se metiera en la bañera llena de agua.

Hizo una pausa. Sabía que tenía que contarlo todo, que no sólo era lo correcto, sino imprescindible, contar el sueño entero. De modo que hizo un esfuerzo para referir la parte que le inquietaba.

—Yo quería que se quitara la ropa y se metiera en la bañera —explicó rápidamente—. Quería bañarla. Tenía la esponja en la mano. Pero ella no quería. No hacía más que reírse y decir que no.

Alzó la vista y miró a sus padres.

—Eso es todo —dijo.

—¿Puedes describir la sensación más fuerte del sueño, hijo? —preguntó Papá.

Jonás reflexionó. Los detalles estaban oscuros y borrosos. Pero los sentimientos estaban claros, y ahora al reflexionar volvían a invadirle.

—La de desear —dijo—. Yo sabía que ella no lo iba a hacer. Y creo que sabía que no debía hacerlo. Pero yo lo deseaba terriblemente. Sentía que lo deseaba con todo mi ser.

—Gracias por tu sueño, Jonás —dijo Mamá pasado un instante.

Y miró a Papá.

—Lily —dijo Papá—, es hora de salir para la escuela. ¿Quieres venir hoy andando a mi lado para vigilar el capacho del Nacido, no vaya a ser que se desate?

Jonás empezó a levantarse para coger sus libros de clase. Le pareció sorprendente que no hubieran comentado su sueño antes de darle las gracias. Quizá les resultara tan desconcertante como a él.

—Espera, Jonás —dijo Mamá con suavidad—. Voy a escribirte una disculpa para el Instructor y así no tendrás que decirla por llegar tarde.

Jonás se dejó caer otra vez en el asiento, perplejo. Papá y Lily se fueron llevándose a Gabi en su capacho y les dijo adiós con la mano. Contempló a su madre mientras ella recogía los restos del desayuno y sacaba la bandeja a la puerta de delante para que se la llevasen los del Equipo de Recogida. Por fin se sentó a la mesa junto a él.

—Jonás —dijo con una sonrisa—, ese sentimiento que has descrito como deseo, eso ha sido tu primer Ardor. Papá y yo ya esperábamos que te ocurriera. Le ocurre a todo el mundo. Le ocurrió a Papá cuando tenía tu edad. Y me ocurrió a mí. Algún día le ocurrirá a Lily. Y es muy corriente —añadió Mamá— que empiece con un sueño.

Ardor. Ya había oído antes esa palabra. Recordó que se decía algo del Ardor en el Libro de Normas, pero no sabía qué. Y de vez en cuando lo mencionaban los Locutores. "ATENCIÓN. RECORDAMOS QUE TODO ARDOR DEBE SER NOTIFICADO PARA SU TRATAMIENTO."

Nunca había hecho caso de esa Comunicación porque no la entendía, ni le había parecido que tuviera nada que ver con él. Como la mayoría de los ciudadanos, no hacía caso de muchas de las órdenes y recordatorios que leían los Locutores.

—¿Tengo que notificarlo? —preguntó a su madre.

Ella se echó a reír.

—Ya lo has hecho al contar el sueño. Basta con eso.

—Pero, ¿y el tratamiento? Los Locutores dicen que hay que administrar el tratamiento.

Jonás se sintió muy mal. Justo cuando llegaba la Ceremonia, su Ceremonia del Doce, ¿iba a tener que ingresar en algún sitio para que le trataran? ¡Y todo por un sueño estúpido!

Pero su madre volvió a reír de una manera cariñosa que le tranquilizó.

—No, no —dijo—. Son simplemente las pastillas. Ya tienes que tomar las pastillas, no es más que eso. Ése es el tratamiento para los Ardores.

Jonás se animó. Conocía las pastillas. Sus padres las tomaban todas las mañanas. Y sabía que algunos de sus amigos también las tomaban. Una vez iba para la escuela con Asher, cada uno en su bici cuando el padre de Asher gritó desde la puerta de su casa: "¡Asher, no te has tomado la pastilla!". Asher soltó un suspiro resignado, dio media vuelta con la bici, y al poco volvió a donde Jonás se había quedado esperándole.

Era del tipo de cosas que no se preguntaban a los amigos porque podía entrar en la incómoda categoría del "ser diferente". Asher tomaba una pastilla todas las mañanas. Jonás no. Siempre era mejor, menos descortés, hablar de las cosas en las que se coincidía.

Cogió la pastillita que le daba su madre y se la tragó.

—¿Nada más? —preguntó.

—Nada más —repuso ella, guardando otra vez el frasco en el armarito—. Pero que no se te olvide. Yo te lo recordaré las primeras semanas, pero después tendrás que ocuparte tú. Si se te olvida, volverá el Ardor. Volverán los sueños de Ardor. A veces hay que ajustar la dosis.

—Asher las toma —le reveló Jonás.

Su madre asintió sin dar muestras de sorpresa.

—Y probablemente muchos de tus compañeros de grupo. Los chicos, por lo menos. Y pronto las tomarán todos. Las chicas también.

—¿Y cuánto tiempo las tengo que estar tomando?

—Hasta que ingreses en la Casa de los Viejos —explicó ella—. Durante toda tu vida de adulto. Pero llega a ser una rutina; al cabo de un tiempo no tendrás ni que pensarlo.

Mamá miró su reloj.

—Si sales ahora mismo ni siquiera llegarás tarde. Corre.

Y añadió cuando él ya se dirigía a la puerta:

—Y gracias de nuevo, Jonás, por tu sueño.

Pedaleando velozmente por el camino, Jonás sintió un extraño orgullo por haber ingresado en el número de los que tomaban las pastillas. Pero por unos instantes volvió a recordar el sueño. El sueño había sido placentero. Aunque las sensaciones eran confusas, pensó que aquello que su madre llamaba Ardor le había gustado. Recordaba que cuando se despertó tenía ganas de sentir otra vez el Ardor.

Luego, de la misma manera que su casa desapareció tras él cuando dobló una esquina con la bici, también el sueño desapareció de sus pensamientos. Muy brevemente, sintiéndose un poco culpable, trató de recuperarlo. Pero las sensaciones se habían desvanecido. El Ardor ya no existía.

Capítulo Seis

L ily, haz el favor de estarte quieta —volvió a decir Mamá.
Lily, de pie ante ella, brincaba impaciente.

—Me las sé atar yo —protestó—. Yo me las ato siempre.

—Ya lo sé —repuso Mamá, estirándole las cintas que le sujetaban las trenzas—. Pero también sé que se te aflojan constantemente y que lo más seguro es que a media tarde las lleves colgando por la espalda. Y hoy, por lo menos, queremos que estén bien atadas y que sigan estando bien atadas.

—No me gustan las cintas del pelo. Me alegro de que sólo me quede un año de llevarlas —dijo Lily, irritada—. Y al año que viene tendré además mi bici —añadió más alegre.

—Todos los años hay cosas buenas —le recordó Jonás—. Este año te toca empezar las horas de voluntariado. ¿Y ya no te acuerdas de lo contenta que te pusiste el año pasado, al llegar a Siete, con la chaqueta abrochada por delante?

La niña asintió y se miró a la chaqueta, que con su hilera de botones grandes la señalaba como Siete. Los Cuatros, los Cincos y los Seises vestían chaquetas que se abotonaban por la espalda, para que tuvieran que ayudarse unos a otros a vestirse y comprendieran la dependencia mutua.

La chaqueta abrochada por delante era el primer signo de independencia, el primer símbolo muy visible de ir haciéndose mayor. La bicicleta, a los Nueve, sería el emblema patente de que ya se iba entrando en la Comunidad y saliendo de la Unidad Familiar protectora.

Lily se soltó de su madre riendo.

—Y este año te toca a ti tu Misión —dijo a Jonás con voz emocionada—. Espero que te toque ser Piloto. ¡Y que me lleves en avión!

—Puedes estar segura —dijo Jonás—. Y te buscaré un paracaídas especial, pequeñito, que te esté muy bien, y entonces te subo hasta, pongamos, ocho mil metros, abro la puerta y...

—¡Jonás! —le regañó Mamá.

—Era sólo una broma —gimió Jonás—. Además, yo no quiero ser Piloto. Si me toca Piloto apelaré.

—Bueno, vámonos —dijo Mamá, dando el último apretón a las cintas de Lily—. Jonás, ¿estás dispuesto? ¿Te tomaste la pastilla? Quiero coger buen sitio en el Auditorio.

Empujó a Lily hacia la puerta y Jonás las siguió.

Había una carrera corta hasta el Auditorio. Lily fue saludando con la mano a sus amigos desde la trasera de la bici de Mamá. Jonás aparcó la suya junto a la de su madre y se abrió paso entre el gentío, buscando a su grupo.

La Comunidad entera asistía cada año a la Ceremonia. Para los padres significaba dos días de no ir a trabajar; se sentaban todos juntos en la enorme sala. Los niños se sentaban cada cual con su grupo hasta el momento de ir uno por uno al escenario.

Papá no estaría con Mamá desde el principio; en la primera Ceremonia de todas, la Imposición de Nombres, los Criadores tenían que llevar a los Nacidos al escenario. Jonás, desde la butaca que ocupaba en el anfiteatro con los Onces, paseó la mirada por el Auditorio en busca de su padre. No era muy difícil localizar el sitio de los Criadores, allá delante: era de donde salían los berridos y los lloros de los Nacidos que pataleaban en el regazo de cada Criador. En todas las demás celebraciones el público estaba silencioso y atento, pero una vez al año todos sonreían con indulgencia al alboroto que armaban los chiquitines en espera de recibir nombre y familia.

Por fin Jonás vio mirar a su padre y le saludó con la mano. Papá puso una ancha sonrisa y saludó a su vez, y luego le levantó la mano al Nacido que tenía en el regazo y le hizo saludar también.

No era Gabriel. Ese día Gabi estaba otra vez en el Centro de Crianza, atendido por el turno de noche. El Comité le había concedido una prórroga especial e inusitada, un año más de crianza antes de la Imposición de Nombre y Colocación. Papá había presentado ante el Comité una petición en favor de Gabriel, que aún no había alcanzado el peso correspondiente a sus días de vida ni había empezado a dormir por las noches lo bastante tranquilo como para colocarle en una Unidad Familiar. Lo normal era que un niño así fuera calificado de Incapaz y liberado de la Comunidad.

En lugar de eso, y gracias a la solicitud de Papá, a Gabriel le habían calificado de Incierto y concedido ese año más. Seguiría recibiendo crianza en el Centro y pasando las noches en la Unidad Familiar de Jonás. Todos los miembros de la familia, incluida Lily, habían tenido que firmar una promesa de no encariñarse con aquel pequeño huésped temporal y entregarle sin protesta ni apelación cuando fuera asignado a la Unidad Familiar que le correspondiera en la Ceremonia del año siguiente.

Por lo menos, pensó Jonás, después de que Gabriel fuera colocado al año siguiente le seguirían viendo a menudo, porque formaría parte de la Comunidad. Si se le liberase no le volverían a ver. Las personas liberadas –incluso los Nacidos– eran enviadas Afuera y no regresaban a la Comunidad jamás.

Papá no había tenido que liberar a ningún Nacido aquel año, de modo que Gabriel habría significado un fracaso y una tristeza auténticos. Hasta Jonás, que no estaba todo el rato embobado con el chiquitín como Lily y su padre, se alegraba de que a Gabi no le hubiesen liberado.

La primera Ceremonia empezó puntualmente, y Jonás atendió mientras, uno tras otro, a cada Nacido se le ponía nombre y los Criadores se lo entregaban a su nueva Unidad Familiar. Para algunas era el primer hijo, pero muchas subían al escenario con otro niño que estaba orgullosísimo de recibir a un hermanito o hermanita, como había estado Jonás en vísperas de ser Cinco.

Asher le dio un codazo.

—¿Te acuerdas cuando nos dieron a Felipa? —preguntó en voz alta.

Jonás asintió; eso había sido el año anterior. Los padres de Asher habían esperado mucho tiempo antes de solicitar su segundo hijo. A lo mejor, pensaba Jonás, era que la atolondrada vitalidad de Asher les tenía tan exhaustos que tuvieron que tomarse un respiro.

Dos de su grupo, Fiona y otra chica llamada Thea, faltaban momentáneamente, porque estaban esperando con sus padres a recibir sendos Nacidos. Pero era raro que hubiera tanta diferencia de edad entre los hijos de una Unidad Familiar.

Cuando acabó la Ceremonia para su familia, Fiona se sentó en el sitio que le habían guardado en la fila de delante de Asher y Jonás. Se volvió y dijo en voz baja: "Es muy guapo. Pero el nombre no me gusta mucho". Y haciendo aspavientos se rió por lo bajo. Al nuevo hermano de Fiona le habían puesto Bruno. No era un gran nombre, pensó Jonás, como…, pues como Gabriel, por ejemplo. Pero estaba bien.

El aplauso del público, que era entusiasta en cada Imposición, se hizo atronador cuando una pareja de padres, rebosantes de orgullo, recibieron a un Nacido y oyeron que se llamaba Caleb.

Este nuevo Caleb era un hijo de reemplazo. La pareja había perdido a su primer Caleb, que era un alegre chiquitín, un Cuatro. Era muy raro, muy raro perder a un hijo. La Comunidad era extraordinariamente segura y cada ciudadano protegía y tenía cuidado de todos los niños. Pero extrañamente el primer Caleb se había escapado sin que nadie lo advirtiera y se había caído al río. Toda la Comunidad reunida había celebrado la Ceremonia de la Pérdida, murmurando el nombre de Caleb durante un día entero, cada vez más espaciado y con menos intensidad, a medida que transcurría la larga y triste jornada, de modo que fue como si el pequeño Cuatro se desvaneciera poco a poco de la conciencia de todos.

Ahora, en esta Imposición especial, la Comunidad realizó la breve Ceremonia del Murmullo de Reemplazo, repitiendo el nombre por primera vez desde la pérdida: primero bajito y despacio, luego más deprisa y con más fuerza, mientras la pareja permanecía en el escenario con el Nacido dormido en brazos de la madre. Era como si volviera el primer Caleb.

A otro Nacido le habían puesto de nombre Roberto, y Jonás recordó que Roberto el Viejo había sido liberado la semana anterior. Pero no hubo Ceremonia del Murmullo de Reemplazo para el nuevo Roberto pequeño. La Liberación era distinta de la Pérdida.

Jonás soportó educadamente las Ceremonias del Dos, del Tres y del Cuatro, aburriéndose cada vez más, como le ocurría todos los años. Después hubo un descanso para el almuerzo, que se servía al aire libre; y luego vuelta a sentarse para asistir al Cinco, al Seis, al Siete y finalmente la última ceremonia del día, la del Ocho.

Jonás aplaudió cuando Lily subió muy ufana al escenario, pasó a ser Ocho y recibió la chaqueta de identificación que llevaría aquel año, ésta con botones más pequeños y por primera vez bolsillos, que indicaban que ya tenía la madurez suficiente para cuidar de sus pequeñas pertenencias. Lily escuchó muy seria el discurso de firme instrucción sobre las responsabilidades del Ocho y el estreno en las horas de voluntariado. Pero Jonás se dio cuenta de que, aunque parecía atender, miraba con anhelo hacia la hilera de bicicletas relucientes, que al día siguiente por la mañana les serían entregadas a los Nueves.

"El año que viene, Lili–laila", pensó Jonás.

Fue un día agotador y hasta Gabriel, al que recogieron en su capacho del Centro de Crianza, durmió como un tronco aquella noche.

Y por fin llegó la mañana de la Ceremonia del Doce.

Ahora Papá estaba sentado con Mamá entre el público. Jonás vio que aplaudían amablemente cuando los Nueves, uno por uno, se fueron llevando sus bicis del escenario, todas con una brillante placa de identificación atrás. Sabía que sus padres se habían echado a temblar, lo mismo que él, cuando Fritz, que vivía en la casa siguiente a la suya, recibió su bici y casi al instante se chocó con ella contra el podio. Fritz era un niño muy torpe, que había sido llamado a castigo montones de veces. Sus infracciones eran pequeñas siempre: ponerse los zapatos cambiados, extraviar los deberes, no estudiar lo que debía para un cuestionario. Pero cada uno de esos errores dejaba en mal lugar a sus padres y deslucía la imagen de orden y éxito de la Comunidad. A Jonás y a su familia no les hacía mucha gracia imaginarse a Fritz con una bici, que seguramente dejaría la mayoría de las veces tirada en el camino de entrada en vez de aparcarla bien en su plaza.

Por fin volvieron a estar todos los Nueves sentados en sus sitios, tras haber llevado rodando sus bicis al exterior, donde estarían esperando a sus propietarios al final del día. Todo el mundo hacía bromas y chistes cuando los Nueves iban en bici a casa por primera vez. "¿Quieres que te enseñe a montar?", decían los amigos de más edad. "¡Ya sé que es la primera vez que te subes!" Pero siempre los felices Nueves, que con transgresión técnica de la Norma habían estado practicando en secreto durante semanas, se montaban y salían pedaleando en perfecto equilibrio, de modo que las ruedas auxiliares jamás tocaban el suelo.

A continuación los Dieces. A Jonás la Ceremonia del Diez nunca le resultaba particularmente interesante. Más bien se le hacía interminable, porque había que ir cortándole el pelo a cada niño con su peinado distintivo: las chicas se quitaban las coletas al llegar a Diez y también los chicos perdían la melenita de niño y estrenaban un estilo de pelo corto más varonil, que dejaba al descubierto las orejas.

Obreros con escobas subían rápidamente al escenario y barrían los montones de pelo cortado. Jonás veía que los padres de los nuevos Dieces rebullían y murmuraban, y sabía que esa noche en muchas casas habría que retocar y rectificar los cortes hechos a toda prisa para dejarlos más igualados.

Onces. Parecía que fue ayer cuando Jonás había pasado por la Ceremonia del Once, pero recordaba que no era de las más interesantes. Ser Once era únicamente estar esperando a ser Doce. Era un mero marcar el paso, sin cambios importantes. Había ropa nueva: ropa interior diferente para las chicas, cuyos cuerpos empezaban a cambiar, y pantalones más largos para los chicos, con un bolsillo de forma especial para la pequeña calculadora que ese año utilizarían en la escuela; pero todo eso se entregaba sencillamente en paquetes cerrados, sin acompañamiento de discurso.

Descanso para almorzar. Jonás se dio cuenta de que tenía hambre. Él y sus compañeros de grupo se congregaron junto a las mesas puestas frente al Auditorio y cogieron sus comidas empaquetadas. Ayer había habido jolgorio a la hora de comer, con mucha energía y muchas bromas. Pero hoy el grupo estaba tenso, apartado de los demás niños. Jonás observó cómo los nuevos Nueves gravitaban hacia sus bicis aparcadas y cada uno contemplaba su placa. Vio que los Dieces se pasaban las manos por el pelo recién cortado y que las chicas sacudían la cabeza para sentir la desacostumbrada ligereza, sin el peso de las trenzas que habían llevado durante tanto tiempo.

—Me han contado de uno que estaba absolutamente seguro de que le iba a tocar Ingeniero —masculló Asher mientras comían—, y en vez de eso le hicieron Obrero de Saneamiento. Al día siguiente fue al río y se tiró, lo cruzó a nado y se quedó en la siguiente comunidad que encontró. Y nadie le volvió a ver.

Jonás se echó a reír.

—Esa historia es un invento, Ash —dijo—. Mi padre dice haberla oído cuando él era Doce.

Pero Asher no se quedó tranquilo. Estaba mirando al río, que se veía más allá del Auditorio.

—Yo ni siquiera nado muy bien —dijo—. Mi Instructor de natación decía que me falta la potabilidad o no sé qué que hay que tener.

—Flotabilidad —le corrigió Jonás.

—Lo que sea. No la tengo. Me hundo.

—En cualquier caso, Asher —señaló Jonás—, ¿tú has sabido alguna vez de alguien, quiero decir si lo sabes de verdad, no por una historia que te hayan contado, que se fuera a otra comunidad?

—No —reconoció Asher a regañadientes—. Pero se puede. Lo dice en las Normas. Si no encajas puedes pedir que te manden Afuera y te liberan. Mi madre dice que una vez, hará como diez años, alguien lo pidió y al día siguiente ya no estaba —rió para sí—. Me lo contó porque yo la estaba volviendo loca y me amenazó con pedir que la mandaran Afuera.

—Lo decía en broma.

—Ya lo sé. Pero era verdad lo que dijo de que alguien lo hizo una vez. Dijo que era la pura verdad. De un día al siguiente ya no estaba. No se le volvió a ver. No hubo ni una Ceremonia de Liberación.

Jonás se encogió de hombros. No le preocupaba. ¿Cómo iba a haber alguien que no encajase? La Comunidad estaba meticulosamente ordenada, las selecciones se hacían con todo cuidado.

Hasta la Unión de Cónyuges se estudiaba tan a fondo que a veces un adulto que solicitaba esposa o esposo tenía que esperar meses o incluso años hasta que se aprobaba y anunciaba la

Unión. Era necesario que todos los factores –disposición, nivel de energía, inteligencia y gustos– se complementaran y armonizaran perfectamente. La madre de Jonás, por ejemplo, tenía más inteligencia que su padre, pero su padre tenía un carácter más tranquilo; se compensaban. Su unión, como todas las uniones, había sido sometida a un control de seguimiento por el Comité de Ancianos durante tres años antes de que pudieran solicitar hijos, y, como siempre, había resultado bien.

Al igual que la Unión de Cónyuges y la Imposición de Nombres y Colocación de los Nacidos, las Misiones eran escrupulosamente estudiadas por el Comité de Ancianos.

Jonás estaba seguro de que su Misión, fuera la que fuese, y lo mismo la de Asher, serían las que más les convenían. Únicamente estaba deseando que terminara el descanso del almuerzo, que el público asistente volviera a entrar en el Auditorio y que acabara el misterio.

Como respondiendo a su deseo silencioso, sonó la señal y la multitud empezó a moverse hacia las puertas.

Capítulo Siete

El grupo de Jonás ocupó un sitio distinto en el Auditorio, cambiándose con los nuevos Onces: se sentaron muy delante, junto al escenario.

Estaban colocados por sus números originales, los que se les habían dado al nacer. Esos números se usaban muy poco después de la Imposición de Nombre, pero cada niño sabía el suyo, naturalmente. A veces los padres utilizaban el número cuando el hijo les irritaba por comportarse mal, como dando a entender que la mala conducta le hacía a uno indigno de nombre. Jonás siempre se reía para sus adentros cuando oía a un padre o una madre exasperados vociferar a un niño berreón: "¡Ya basta, Veintitrés!".

Jonás era Diecinueve. Había hecho el número diecinueve de los nacidos en su año. Por eso en la Imposición se tenía ya de pie y muy espabilado, y le faltaba poco para soltarse a andar y hablar. Por la misma razón tuvo una ligera ventaja durante el primer año o dos, un poco más de madurez que muchos de sus compañeros de grupo, que habían nacido en los últimos meses del año. Pero la diferencia se borró, como pasaba siempre, al llegar a Tres.

Después del Tres los niños progresaban más o menos al mismo compás, aunque por su primer número siempre se podía descubrir al que era unos meses mayor que otros del grupo. Técnicamente, el número completo de Jonás era Once–diecinueve, puesto que había otros Diecinueves, por supuesto, en cada grupo de edad. Y hoy, desde que por la mañana ascendieran los nuevos Onces, había dos Once–diecinueves. En el descanso de mediodía Jonás había intercambiado sonrisas con el nuevo, que era una chica tímida llamada Harriet.

Pero la duplicación sólo duraba esas pocas horas. Enseguida él no sería Once sino Doce, y la edad ya no importaría. Sería un adulto, como sus padres, aunque un adulto nuevo y todavía sin formar.

Asher era el Cuatro, y ahora estaba sentado en la fila de delante de Jonás. Sería el cuarto en recibir su Misión.

Fiona, número Dieciocho, estaba a su izquierda; al otro lado tenía al Veinte, un chico llamado Pierre que no le caía muy bien. Pierre era muy serio, nada divertido, y encima un angustias y un acusica. "¿Has mirado las Normas, Jonás?", se pasaba la vida murmurando solemnemente. "Yo no estoy seguro de que las Normas lo permitan." Casi siempre era por alguna tontería que no le importaba a nadie: abrirse la túnica si era un día de brisa o probar un ratito la bici de un amigo, sólo por experimentar la diferencia.

El discurso inaugural de la Ceremonia del Doce lo pronunciaba el Presidente o Presidenta de los Ancianos, el Jefe de la Comunidad, que era elegido cada diez años. El discurso venía a ser igual todos los años: recuerdo de la época de la niñez y el período de preparación, las responsabilidades inminentes de la vida de adulto, la profunda importancia de la Misión, la seriedad de la formación que comenzaba.

Dicho todo eso, la Presidenta de los Ancianos siguió adelante.

—Éste es el momento —dijo mirándoles directamente— en que reconocemos diferencias. Vosotros, Onces, habéis pasado hasta ahora todos vuestros años aprendiendo a adaptaros, a igualar vuestro comportamiento, a dominar aquellos impulsos que pudieran apartaros del grupo. Pero hoy hacemos honor a vuestras diferencias, porque ellas han determinado vuestro futuro.

Entonces empezó a describir al grupo del año y sus variadas personalidades, aunque sin señalar a nadie por su nombre. Mencionó que había alguien dotado de singulares aptitudes de Cuidador, otro al que le gustaban mucho los Nacidos, otro con dotes inusitadas para la ciencia, y un cuarto para quien el trabajo físico era obviamente un placer. Jonás rebullía en su asiento, tratando de reconocer en cada alusión a alguno de sus compañeros de grupo. Las aptitudes de Cuidador eran sin duda las de Fiona, a su izquierda; recordó haberse fijado en la ternura con que bañaba a los Viejos. El de las dotes científicas sería seguramente Benjamín, el chico que había diseñado importantes aparatos nuevos para el Centro de Rehabilitación.

En nada de lo que oyó se reconoció Jonás a sí mismo.

Por último la Presidenta rindió homenaje al duro trabajo de su Comité, que tan meticulosamente había llevado a cabo las observaciones a lo largo del año. El Comité de Ancianos se puso en pie para recibir los aplausos. Jonás vio que Asher bostezaba ligeramente, tapándose la boca con la mano por educación.

Y por fin la Presidenta de los Ancianos llamó al escenario al número Uno, y la asignación de misiones comenzó.

Cada anuncio era largo, porque iba acompañado de un discurso dirigido al nuevo Doce. Jonás trató de prestar atención mientras la Uno, sonriendo feliz, recibió su Misión de Auxiliar de la Piscifactoría, junto con palabras de alabanza por su infancia transcurrida allí en muchas horas de voluntariado y su evidente interés en el importante proceso de abastecer de alimento a la Comunidad.

La número Uno –se llamaba Madeline– volvió por fin a su butaca entre aplausos, luciendo la nueva insignia que la declaraba Auxiliar de la Piscifactoría. Jonás se alegraba sinceramente de que esa Misión estuviera dada; él no la habría querido. Pero dirigió a Madeline una sonrisa de enhorabuena.

Cuando la Dos, llamada Inger, recibió su Misión de Paridora, Jonás se acordó de que su madre había dicho que era muy poco honrosa. Pero pensó que el Comité había escogido bien. Inger era una chica agradable, aunque un poco perezosa, y su cuerpo era fuerte. Disfrutaría en los tres años de vida mimada que seguirían a su breve formación; pariría bien y con facilidad; y la tarea de Obrera que le correspondería después daría ocupación a sus fuerzas, la mantendría sana y le serviría de autodisciplina. Inger sonreía cuando retomó su asiento. El trabajo de Paridora era importante, aunque no tuviera prestigio.

Jonás se dio cuenta de que Asher estaba nervioso. No hacía más que volver la cabeza para mirar a Jonás, hasta que el Jefe del Grupo le dirigió una reprensión silenciosa, una seña de que se estuviera quieto y con la vista al frente.

Al Tres, Isaac, se le dio la Misión de Instructor de Seises, que le complació y era merecida. Con ésa eran tres las Misiones dadas y ninguna de ellas le habría gustado a Jonás; y Paridora no habría podido ser en ningún caso, pensó divertido. Intentó repasar mentalmente la lista de las Misiones posibles que quedaban, pero eran tantas que renunció; además, era el turno de Asher. Jonás atendió sin pestañear mientras su amigo subía al escenario y se colocaba, azarado, junto a la Presidenta de los Ancianos.

—Todos en la Comunidad conocemos a Asher y lo pasamos bien con él —empezó la Presidenta.

Asher sonrió de oreja a oreja y se frotó una pierna con el otro pie.

El público rió por lo bajo.

—Cuando el Comité empezó a estudiar la Misión de Asher —siguió diciendo la Presidenta—, hubo algunas posibilidades que se descartaron de inmediato. Parecía muy claro que no eran para Asher. Por ejemplo —dijo sonriendo—, ni por un instante consideramos nombrar a Asher Instructor de Treses. El público rugió de risa. También Asher se rió, con aspecto apocado, pero complacido por ser el centro de aquella atención especial. Los Instructores de Treses tenían a su cargo enseñar a hablar con propiedad.

—Es más —continuó la Presidenta de los Ancianos, riendo levemente también ella—, incluso se planteó la posibilidad de algún castigo retroactivo para la persona que hace ya tantos años fue Instructor de Treses de Asher. En la reunión en la que se habló de él se volvieron a referir muchas de las historias que todos recordábamos de sus tiempos de aprendizaje de la lengua. Sobre todo —dijo conteniendo la risa— la diferencia entre ración y sanción. ¿Te acuerdas, Asher?

Asher asintió compungido y el público rió a carcajadas. Y Jonás también. Se acordaba, a pesar de que entonces también él era Tres nada más.

La sanción con que se castigaba a los niños pequeños era un sistema graduado de azotes con la palmeta, un arma fina y flexible cuyo golpe producía un dolor agudo. Los especialistas en Cuidados Infantiles estaban muy bien adiestrados en el método de disciplina: un azote rápido sobre las manos por una falta leve de comportamiento; tres azotes más fuertes sobre las piernas descubiertas por una falta repetida.

Pobre Asher, que siempre hablaba demasiado deprisa y confundía las palabras, ya desde pequeñito. Siendo Tres, un día que a la hora del tentempié de media mañana estaba haciendo cola, esperando con avidez que le dieran su ración de zumo y galletas, dijo "sanción" en vez de "ración".

Jonás lo recordaba muy bien. Le parecía estar viendo al pequeño Asher, que brincaba de impaciencia en la cola, y recordaba la alegre voz con que había gritado: "¡Quiero mi sanción!".

Los otros Treses, incluido Jonás, se habían reído nerviosos. "¡Ración!", le corrigieron. "¡Querrás decir ración, Asher!" Pero la falta ya estaba cometida. Y la precisión en el habla era una de las tareas más importantes de los niños pequeños. Asher había pedido una sanción. La palmeta, en la mano del Obrero de Cuidados Infantiles, silbó al abatirse sobre las manos de Asher. Asher gimió, se encogió y rectificó al instante. "Ración", susurró. Pero a la mañana siguiente lo volvió a hacer. Y a la semana siguiente otra vez. Y así sucesivamente, como si no lo pudiera remediar, aunque por cada error volvía a funcionar la palmeta; hasta que el castigo llegó a ser una tanda de latigazos dolorosos que le dejaron señales en las piernas. Y por fin, durante cierto tiempo, Asher dejó de hablar, siendo Tres.

—Durante un tiempo —dijo la Presidenta, relatando la historia— ¡tuvimos un Asher silencioso! Pero aprendió.

Y se volvió hacia él sonriente.

—Cuando de nuevo empezó a hablar, lo hacía con más precisión. Y ahora comete muy pocos errores. Sus correcciones y disculpas son muy rápidas. Y su buen humor es imperturbable.

El público alzó murmullos de asentimiento. El carácter alegre de Asher era famoso en toda la Comunidad.

—Asher —la Presidenta de los Ancianos levantó la voz para hacer el anuncio oficial—. Te hemos asignado la Misión de Subdirector de Recreación.

Y le impuso la nueva insignia mientras él sonreía radiante. Después dio media vuelta y bajó del escenario, entre aclamaciones del público. Cuando estuvo de nuevo sentado, la Presidenta bajó la vista hacia él y dijo las palabras que ya había dicho otras tres veces antes, las mismas que diría a cada nuevo Doce. Pero en cada caso sabía darles un sentido particular.

—Asher —dijo—, gracias por tu infancia.

Siguieron sucediéndose las Misiones y Jonás atendiendo y escuchando, ya con el alivio de saber que a su mejor amigo le habían dado una Misión maravillosa. Pero a medida que la suya se acercaba se iba poniendo más intranquilo. Ya todos los nuevos Doces de la fila de delante tenían sus insignias y las palpaban; y Jonás sabía que cada uno de ellos estaba pensando en la formación que le esperaba. Para unos –un chico estudioso que había sido seleccionado para Médico, una chica que iba para Ingeniero y otra para Derecho y Justicia– serían muchos años de estudio y trabajo duro. Para otros, como los Obreros y las Paridoras, el período de formación sería mucho más corto.

Llamaron al Dieciocho, Fiona, que estaba a su izquierda. Jonás sabía que tenía que estar nerviosa, pero Fiona era una chica muy serena. Había estado sentada quieta, tranquila, durante toda la Ceremonia.

Hasta el aplauso, aunque fue entusiasta, pareció sereno cuando Fiona recibió la importante Misión de Cuidadora de Viejos. Era perfecta para una chica tan suave y sensible, y en su cara había una sonrisa de contento y satisfacción cuando volvió a sentarse al lado de Jonás.

Jonás se dispuso a levantarse para ir al escenario cuando el aplauso acabó y la Presidenta de los Ancianos cogió la siguiente carpeta y bajó los ojos al grupo para llamar al siguiente nuevo Doce. Ahora que le llegaba el turno, estaba tranquilo. Respiró hondo y se alisó el pelo.

—Veinte —oyó a la Presidenta decir claramente—. Pierre.

"Me ha saltado", pensó Jonás, atónito. ¿Habría oído mal? No. De pronto se hizo un silencio en el público, y notó que la Comunidad entera se había dado cuenta de que la Presidenta había pasado del Dieciocho al Veinte, dejando un hueco. A su derecha Pierre, con cara de sobresalto, se levantó y subió al escenario.

Un error. Había cometido un error. Pero Jonás sabía, al mismo tiempo que lo pensaba, que no era eso. La Presidenta de los Ancianos no cometía errores. No, desde luego, en la Ceremonia del Doce.

Sintió que se mareaba y no podía centrar la atención. No oyó qué Misión se le daba a Pierre y tuvo sólo una conciencia vaga del aplauso cuando regresó con su nueva insignia. Y después el Veintiuno. Y el Veintidós.

Los números siguieron por su orden. Jonás, aturdido, vio que se pasaba a los Treintas y luego a los Cuarentas, ya cerca del fin. Cada vez, con cada anuncio, el corazón le daba un vuelco momentáneo y se le ocurrían ideas disparatadas. A lo mejor ahora decía su nombre. ¿Sería que a él se le había olvidado su número? No. Él siempre había sido Diecinueve. Estaba sentado en la butaca marcada con un Diecinueve.

Pero la Presidenta le había saltado. Vio que los demás de su grupo le miraban con apuro y enseguida apartaban los ojos. Vio una expresión preocupada en la cara del Jefe de Grupo.

Encogió los hombros y trató de achicarse en el asiento. Quería desaparecer, desvanecerse, no existir. Le daba miedo volverse y ver a sus padres entre la gente. No soportaría verles abochornados.

Agachó la cabeza y se exprimió el cerebro. ¿Qué había hecho mal?

Capítulo Ocho

Se notaba que el público estaba incómodo. Aplaudieron a la última Misión, pero fue un aplauso desflecado, ya no una ola de entusiasmo unánime. Había murmullos de confusión.

Jonás juntaba las manos palmoteando, pero era un gesto automático, vacío, del que ni siquiera era consciente. En su mente se habían apagado todas las emociones anteriores: la expectación, el nerviosismo, el orgullo, hasta la feliz camaradería con sus amigos. Ahora sólo sentía humillación y terror.

La Presidenta de los Ancianos esperó a que bajara el aplauso vacilante y entonces tomó otra vez la palabra.

—Ya sé —dijo con su voz vibrante y benévola— que todos ustedes están preocupados. Que les parece que he cometido un error.

Sonrió. La Comunidad, aliviada muy ligeramente de su incomodidad por el tono amable de aquella declaración, pareció respirar con más calma. Había un gran silencio.

Jonás alzó los ojos.

—Les he causado un desasosiego —dijo la Presidenta—. Pido disculpas a mi Comunidad.

Su voz se extendió sobre la multitud reunida.

—La disculpamos —dijeron todos a coro.

—Jonás —dijo ella, mirándole—, te pido disculpas a ti en particular. Te he angustiado.

—La disculpo —replicó Jonás con voz temblorosa.

—Haz el favor de subir ahora al escenario.

Aquel día, mientras se vestía en su casa, Jonás había practicado el paso seguro y decidido con que esperaba poder subir al escenario cuando llegara su turno. De nada de eso se acordó entonces. Sólo la fuerza de la voluntad le hizo levantarse, mover los pies sintiéndolos pesados y torpes, avanzar, subir los escalones y cruzar el estrado hasta la Presidenta.

Ella le tranquilizó poniéndole un brazo sobre los tensos hombros.

—Jonás no ha sido asignado —informó a la gente, y a él se le cayó el alma a los pies.

Pero ella siguió hablando.

—Jonás ha sido seleccionado.

Él parpadeó. ¿Qué quería decir eso? Sintió desde el público un runrún colectivo, interrogante. También ellos estaban perplejos.

Con voz firme, imperiosa, la Presidenta anunció:

—Jonás ha sido seleccionado para ser nuestro próximo Receptor de Memoria.

Entonces oyó la boqueada de asombro, el trago de aire súbito de cada uno de los ciudadanos sentados. Vio sus caras; vio sus ojos muy abiertos por la admiración.

Y siguió sin entender.

—Esta selección es muy, muy infrecuente —explicó al público la Presidenta—. Nuestra Comunidad tiene un único Receptor. Es él quien forma a su sucesor. Nuestro Receptor actual viene siéndolo desde hace mucho tiempo —continuó.

Jonás siguió la dirección de sus ojos y vio que miraba a uno de los Ancianos.

El Comité de Ancianos se sentaba en grupo y ahora la Presidenta tenía puesta la vista en uno de ellos, que estaba sentado en el medio, pero parecía extrañamente apartado de los demás. Era un hombre en el que Jonás no se había fijado nunca, un hombre con barba y ojos claros. Estaba mirando a Jonás con gran atención.

—En nuestra última selección fallamos —dijo solemnemente la Presidenta de los Ancianos—. Fue hace diez años, cuando Jonás era muy pequeño. No voy a detenerme en aquella experiencia porque a todos nos produce un terrible malestar.

Jonás no sabía a qué se estaba refiriendo, pero notó la incomodidad del público, que se revolvió inquieto en las butacas.

—Esta vez no nos hemos precipitado —continuó la Presidenta—. No podíamos arriesgarnos a otro fracaso.

"A veces —siguió diciendo, ahora en un tono más ligero, relajando la tensión del Auditorio— no estamos del todo seguros sobre las Misiones, ni aun después de las observaciones más detenidas. A veces nos queda la preocupación de que la persona asignada no llegue a desarrollar, a través de la formación, todas las condiciones necesarias. Al fin y al cabo, los Onces son niños todavía. Lo que vemos como jovialidad y paciencia, las condiciones para ser Criador, en la madurez podrían revelarse como mera falta de cordura y pasividad. Así que seguimos observando durante la formación y modificando el comportamiento cuando sea preciso.

"Pero al Receptor en formación no se le puede observar, no se le puede modificar. Así está establecido con toda claridad en las Normas. Tiene que estar solo, aparte, mientras el Receptor actual le prepara para el puesto de más honor de nuestra Comunidad.

¿Solo? ¿Aparte? Jonás escuchaba con inquietud creciente.

—De ahí que la selección tenga que estar bien hecha. Tiene que ser una elección unánime del Comité. No puede haber dudas, ni siquiera pasajeras. Si durante el proceso uno de los

Ancianos comunica un sueño de incertidumbre, ese sueño tiene el poder de eliminar a un candidato al instante.

"Jonás se perfiló como posible Receptor hace muchos años. Le hemos observado escrupulosamente. No ha habido sueños de incertidumbre. Ha mostrado todas las cualidades que tiene que tener un Receptor.

Con la mano aún firmemente apoyada en su hombro, la Presidenta enumeró esas cualidades.

—Inteligencia —dijo—. Todos sabemos que Jonás ha sido un alumno sobresaliente a lo largo de todos sus años escolares.

"Integridad —dijo después—. Jonás, como todos nosotros, ha cometido transgresiones leves —y le sonrió—. Contábamos con ello. Pero esperábamos que se presentara con prontitud al castigo y siempre lo ha hecho.

"Valor —prosiguió—. Sólo uno de los que estamos aquí reunidos ha pasado por la severa formación que se requiere en un Receptor. Es, por supuesto, el miembro más importante del Comité: el Receptor actual. Fue él quien señaló a nuestra atención, una y otra vez, el valor que se necesitaba.

"Jonás —dijo volviéndose a él, pero empleando una voz que pudiera oír la Comunidad entera—, la formación que se te exige implica dolor. Dolor físico.

Él sintió que el miedo le corría por dentro.

—Tú eso no lo has experimentado nunca. Es verdad que te has desollado las rodillas al caerte de la bicicleta. Es verdad que el año pasado te magullaste un dedo con una puerta.

Jonás asintió, recordando el incidente y lo mal que lo pasó.

—Pero lo que ahora te espera —explicó con cariño la Presidenta— es un dolor de una magnitud que ninguno de los que estamos aquí puede imaginar, porque escapa a nuestra experiencia. El propio Receptor no ha sido capaz de describirlo, sino únicamente de señalarnos que tendrías que soportarlo, que necesitarías un inmenso valor. Para eso no te podemos preparar. Pero tenemos la certeza de que eres valiente —añadió.

Jonás no se sentía nada valiente. En aquel momento, nada.

—El cuarto atributo esencial —dijo la Presidenta— es la sabiduría. Jonás no la ha adquirido aún. La adquisición de la sabiduría le llegará a través de su formación. Estamos convencidos de que Jonás tiene la capacidad de adquirir sabiduría. Eso fue lo que buscamos.

"Finalmente, el Receptor debe tener una cualidad más, y ésta yo sólo la puedo nombrar, pero no describir. Yo no la comprendo. Ustedes, los miembros de la Comunidad, tampoco la comprenderán. Jonás quizá sí, porque el Receptor actual nos ha dicho que Jonás ya tiene esa cualidad. Él lo llama la Capacidad de Ver Más.

La Presidenta miró a Jonás con una interrogación en los ojos. También el público le miraba sin decir nada.

Por un instante se sintió paralizado, hundido en la desesperación. Él no tenía aquello, lo que ella había dicho. No sabía qué era eso. Ahora era el momento en que tenía que confesar, decir: "No, no lo tengo. No puedo", y abandonarse a la piedad de todos, pedirles que le perdonaran, explicar que había sido mal escogido, que no era ni mucho menos la persona adecuada.

Pero cuando miró a la gente, a aquel mar de rostros, volvió a ocurrir aquello. Lo mismo que había ocurrido con la manzana. Cambiaron.

Parpadeó y el efecto pasó. Sus hombros se enderezaron un poco. Brevemente sintió una chispita de seguridad en sí mismo por primera vez.

Ella seguía mirándole. Todos seguían mirándole.

—Creo que sí —dijo entonces a la Presidenta de los Ancianos y a la Comunidad—. No lo comprendo aún. No sé qué es. Pero a veces veo algo. A lo mejor es Ver Más.

Ella retiró el brazo de sus hombros.

—Jonás —dijo, dirigiéndose no sólo a él sino a toda la Comunidad de la que él era parte—, vas a ser formado para ser nuestro siguiente Receptor de Memoria. Te damos gracias por tu infancia.

Dicho esto dio media vuelta y se fue del escenario, dejándole allí solo, allí plantado frente a la multitud, que espontáneamente inició el murmullo colectivo de su nombre.

—Jonás.

Al principio fue un susurro: sofocado, apenas audible.

—Jonás. Jonás.

Luego más fuerte, más deprisa:

—JONÁS. JONÁS. JONÁS.

Jonás sabía que con el cántico la Comunidad le estaba aceptando y aceptando su nuevo papel, dándole vida, como se la habían dado al nacido Caleb. Su corazón se ensanchó de gratitud y orgullo.

Pero al mismo tiempo se llenó de miedo. No sabía lo que significaba su selección. No sabía qué tenía que llegar a ser.

Ni qué iba a ser de él.

CAPÍTULO NUEVE

Por primera vez en sus doce años de vida, Jonás se sintió separado, diferente. Recordó lo que había dicho la Presidenta de los Ancianos: que en su formación estaría solo y aparte.

Pero su formación no había comenzado aún y ya al salir del Auditorio sintió la separación. Con la carpeta que le había dado la Presidenta, se abrió paso entre la multitud, buscando a su Unidad Familiar y a Asher. La gente se apartaba para dejarle pasar. Le miraban fijamente. Le pareció oír que cuchicheaban.

—¡Ash! —gritó al ver a su amigo cerca de las hileras de bicis—. ¿Volvemos juntos?

—¡Claro!

Asher mostró su sonrisa de siempre, cariñosa y familiar. Pero Jonás notó un momento de vacilación en su amigo, una inseguridad.

—Enhorabuena —dijo Asher.

—A ti también —contestó Jonás—. Fue muy divertido cuando contó lo de las sanciones. Te aplaudieron casi más que a nadie.

Los otros nuevos Doces estaban en grupo a poca distancia, colocando cuidadosamente sus carpetas en los cestillos que llevaban atrás las bicis. Esa noche, en cada casa, examinarían las instrucciones para el inicio de su formación. Hacía años que cada noche los niños memorizaban las lecciones para la escuela, a menudo bostezando de aburrimiento. Hoy todos empezarían ansiosos a memorizar las Normas de sus Misiones de adultos.

—¡Enhorabuena, Asher! —gritó alguien.

Y después hubo la misma vacilación.

—¡A ti también, Jonás!

Asher y Jonás respondieron felicitando a sus compañeros de grupo. Jonás vio que sus padres le miraban desde el sitio donde ellos tenían aparcadas las bicis. Lily ya estaba sujeta a su sillín.

Les saludó con la mano. Ellos le saludaron sonrientes, pero se dio cuenta de que Lily le miraba muy seria, chupándose el pulgar.

Fue derecho a casa y sólo intercambió con Asher alguna pequeña broma y comentarios sin importancia.

—¡Nos vemos mañana, Subdirector de Recreación! —gritó desmontando junto a su puerta mientras Asher seguía de largo.

—¡Vale! ¡Hasta mañana! —contestó Asher.

Una vez más, hubo sólo un momento en que la cosa no fue exactamente igual, no exactamente como siempre había sido durante su larga amistad. A lo mejor eran imaginaciones suyas. Con Asher las cosas no podían cambiar.

La cena fue más silenciosa de lo habitual. Lily parloteó sobre sus planes de voluntariado; dijo que pensaba empezar en el Centro de Crianza, puesto que ya era una experta en alimentar a Gabriel.

—Ya sé —añadió rápidamente al ver que su padre le lanzaba una mirada de advertencia—, no diré su nombre. Ya sé que no debo saber cómo se llama. ¡Tengo unas ganas de que sea mañana! —dijo feliz.

Jonás suspiró con desasosiego.

—Yo no —murmuró.

—Has recibido un honor muy grande —dijo su madre—. Tu padre y yo estamos muy orgullosos.

—Es el trabajo más importante de la Comunidad —dijo Papá.

—¡Pues la otra noche dijisteis que el trabajo más importante era asignar las Misiones!

Mamá asintió.

—Esto es distinto. No es un trabajo, en realidad. Yo no había pensado nunca, no esperaba... —hizo una pausa—. Sólo hay un Receptor.

—Pero la Presidenta de los Ancianos dijo que habían hecho una selección antes y que fracasó. ¿A qué se refería?

Sus padres titubearon. Por fin su padre describió la selección anterior:

—Fue muy semejante a lo de hoy, Jonás: la misma extrañeza y expectación, porque se habían saltado a un Once en la entrega de las Misiones. Hasta que se hizo el anuncio de la elección...

Jonás le interrumpió.

—¿Quién fue el elegido?

Su madre respondió:

—La elegida. Fue una chica. Pero no debemos pronunciar jamás su nombre, ni volverlo a emplear para una Nacida.

Jonás se quedó estupefacto. Un nombre que pasaba a ser impronunciable era el grado máximo de deshonor.

—¿Qué pasó con ella? —preguntó nervioso.

Pero sus padres pusieron cara de no saber nada.

—No lo sabemos —dijo su padre, incómodo—. No la volvimos a ver.

Un silencio llenó la habitación. Se miraron unos a otros. Hasta que su madre, levantándose de la mesa, dijo:

—Has recibido un gran honor, Jonás. Un gran honor.

A solas en su dormitorio, preparado para acostarse, Jonás abrió por fin su carpeta. Había visto que a algunos de los otros

Doces les daban carpetas muy abultadas, con muchas hojas impresas. Se imaginaba a Benjamín, el científico de su grupo, sentándose a leer páginas y páginas de normas e instrucciones con ilusión. Se imaginaba a Fiona, con su dulce sonrisa, enfrascada en las listas de obligaciones y métodos que tendría que aprender en los días venideros.

Pero su carpeta estaba alarmantemente vacía, o casi. Dentro no había más que una única hoja impresa. La leyó dos veces.

JONÁS
RECEPTOR DE MEMORIA

1. *Cada día al salir de la escuela ve inmediatamente a la entrada del Anexo que hay detrás de la Casa de los Viejos y preséntate a la Recepcionista.*
2. *Cada día al acabar las Horas de Formación ve inmediatamente a tu casa.*
3. *Desde este momento quedas eximido de las Normas de Cortesía. Puedes preguntar lo que quieras a cualquier ciudadano y te responderá.*
4. *No hables de tu formación con ningún otro miembro de la Comunidad, ni siquiera con tus padres y los Ancianos.*
5. *Desde este momento se te prohíbe narrar sueños.*
6. *Salvo en caso de enfermedad o lesión ajena a tu formación, no solicites medicación alguna.*
7. *No te está permitido solicitar la liberación.*
8. *Puedes mentir.*

Jonás se quedó atónito. ¿Qué iba a pasar con sus amistades? ¿Y sus horas despreocupadas de jugar a la pelota o rodar en bici a la orilla del río? Esos ratos habían sido felices y vitales para él. ¿Ahora se los iban a quitar del todo? Las meras instrucciones logísticas, dónde ir y cuándo, se las esperaba. Cada Doce tenía que saber, por supuesto, dónde y cómo y cuándo presentarse para recibir su formación. Pero le desalentó un poco que su programa no dejara tiempo, al parecer, para la recreación.

La exención de las Normas de Cortesía le asustó. Pero al releer se dio cuenta de que no se le mandaba ser grosero, simplemente se le daba esa opción. Estaba seguro de que no la utilizaría nunca. Estaba tan absolutamente y en todo acostumbrado a la cortesía en la Comunidad, que la sola idea de hacerle a otro ciudadano una pregunta íntima, de llamar la atención de alguien sobre un tema incómodo, le resultaba desagradable.

La prohibición de contar sueños pensó que no sería un verdadero problema. En cualquier caso, soñaba tan poco que no le salía espontáneamente, y se alegró de quedar excusado. Pero sí, por un instante, se preguntó qué habría que hacer en el desayuno. Si soñaba, qué: ¿sencillamente decirle a la Unidad Familiar, como tan a menudo les decía, que no había soñado? Eso sería mentir. Sí, pero la última Norma decía... En fin, todavía no estaba del todo preparado para pensar en la última Norma de la hoja.

Lo de la medicación restringida le acobardó. La medicación estaba siempre a disposición de los ciudadanos, incluso de los niños por medio de sus padres. Cuando se aplastó el dedo con la puerta, inmediatamente se lo comunicó a su madre, jadeando por el altavoz; y ella se apresuró a solicitar medicación analgésica, que enseguida le llevaron a casa. Y casi instantáneamente el dolor insufrible que sentía en la mano se redujo a una punzada, que ahora era lo único que recordaba de aquella experiencia.

Releyendo la Norma número seis se dio cuenta de que un dedo magullado entraba en la categoría de "ajeno a la formación". De modo que si volviera a suceder —y estaba muy seguro de que no volvería a suceder, porque desde el accidente tenía mucho cuidado con las puertas pesadas—, aún recibiría medicación.

También la pastilla que tomaba ahora todas las mañanas era ajena a la formación. Así que seguiría recibiendo la pastilla.

Pero recordó con inquietud lo que había dicho la Presidenta de los Ancianos sobre el dolor que debía ser parte de su formación. Lo había llamado indescriptible.

Jonás tragó fuerte, tratando sin éxito de imaginar lo que podía ser un dolor así sin medicación alguna. Pero escapaba a su comprensión.

A la Norma número siete no sintió ninguna reacción. Nunca se le había ocurrido que bajo ninguna circunstancia, jamás, pudiera solicitar ser liberado.

Finalmente hizo acopio de serenidad para volver a leer la última Norma. Desde la primera infancia, desde su primer aprendizaje de la lengua, se le había enseñado que no había que mentir nunca. Era parte esencial de aprender a hablar con propiedad. Una vez, siendo Cuatro, había dicho en la escuela, justo antes del almuerzo: "Estoy hambriento".

Inmediatamente se le había llevado aparte para darle una breve lección particular de precisión en el habla. Se le hizo ver que no estaba hambriento. Tenía apetito. Nadie de la Comunidad estaba hambriento, ni lo había estado nunca, ni lo estaría. Decir que se estaba "hambriento" era decir una mentira. Una mentira no intencionada, por supuesto. Pero la finalidad de la precisión en el habla era asegurarse de no decir nunca mentiras sin querer. Le preguntaron si comprendía eso, y sí, lo había comprendido.

Nunca, que recordase, había sentido la tentación de mentir. Asher no mentía. Lily no mentía. Sus padres no mentían. Nadie mentía. A no ser que...

Entonces se le ocurrió a Jonás una idea que no se le había ocurrido nunca. Esta nueva idea era alarmante. ¿Y si los demás —los adultos—, al llegar a Doce, hubieran recibido en sus instrucciones la misma frase aterradora?

¿Y si a todos se les hubiera dicho: "Puedes mentir"?

La cabeza le dio vueltas. Ahora, autorizado a hacer preguntas de la mayor grosería —y con la seguridad de recibir respuestas–, él podría, teóricamente aunque era casi inimaginable, preguntarle a alguien, a algún adulto, a su padre quizá: "¿Tú mientes?".

Pero no tendría manera de saber si lo que le respondían era verdad.

Capítulo Diez

Yo me quedo aquí, Jonás —le dijo Fiona cuando llegaron a la puerta principal de la Casa de los Viejos, después de dejar las bicis en el aparcamiento.

—No sé por qué estoy nerviosa —confesó—. ¡Con la cantidad de veces que he venido ya!

Daba vueltas a su carpeta entre las manos.

—Es que ahora todo es diferente —le recordó Jonás.

—Hasta las placas de las bicis —dijo Fiona riendo.

Durante la noche, el Equipo de Mantenimiento había ido quitando la placa de cada uno de los nuevos Doces y sustituyéndola por otra del estilo correspondiente a los ciudadanos en formación.

—No quiero llegar tarde —añadió Fiona apresuradamente, y empezó a subir la escalinata—. Si salimos a la misma hora, te acompañaré a casa.

Jonás asintió, la despidió con la mano y dobló la esquina del edificio hacia el Anexo, un pabellón pequeño unido a la parte de atrás. Desde luego tampoco él quería llegar tarde en su primer día de formación.

El Anexo era muy corriente y su puerta no tenía nada de particular. Jonás extendió la mano hacia el pesado picaporte, pero vio que en la pared había un timbre y lo apretó.

—¿Quién?

La voz salió de un pequeño altavoz que había sobre el timbre.

—Soy... soy Jonás. Soy el nuevo..., este...

—Pase.

Un chasquido indicó que se soltaba el pestillo de la puerta. El vestíbulo era muy pequeño; no había más que una mesa, y sentada ante ella una Recepcionista atareada con unos papeles. Alzó los ojos al entrar Jonás; y a continuación, para su sorpresa, se puso de pie. No era una gran cosa ponerse de pie; pero hasta entonces nadie se había levantado automáticamente ante la presencia de Jonás.

—Bienvenido, Receptor de Memoria —dijo respetuosamente la Recepcionista.

—Por favor, llámeme Jonás —respondió él, azarado.

Ella sonrió, pulsó un botón, y se oyó un chasquido en la puerta que tenía a su izquierda.

—Puede usted pasar —dijo.

Entonces pareció percatarse de su azaramiento y de la causa que lo motivaba. En la Comunidad jamás había cerraduras en las puertas. Por lo menos Jonás no sabía que las hubiera.

—Las cerraduras son únicamente para que se respete la intimidad del Receptor, porque necesita concentración —explicó la Recepcionista—. Sería una molestia que entrara cualquier ciudadano, buscando el Departamento de Reparación de Bicicletas o lo que fuera.

Jonás se rió, relajándose un poco. Aquella mujer parecía muy cordial, y era verdad –de hecho era un chiste en toda la Comunidad– que el Departamento de Reparación de Bicicletas, que era una oficinilla poco importante, cambiaba de sitio tan a menudo que nadie sabía nunca dónde estaba.

—Aquí no hay nada peligroso —dijo la Recepcionista—. Pero —añadió, echando una ojeada al reloj de la pared— no le gusta que le hagan esperar.

Jonás se apresuró a franquear la puerta y se encontró en un Área de Estancia confortablemente amueblada. No se diferenciaba mucho de lo que había en la casa de su Unidad Familiar. El mobiliario era más o menos igual en toda la Comunidad: práctico, duradero, claramente definida la función de cada mueble. Una cama para dormir. Una mesa para comer. Un escritorio para estudiar.

Todo eso había en aquella espaciosa habitación, aunque cada cosa era ligeramente distinta de las de su casa. La tapicería de los sillones y del sofá era algo más gruesa y más lujosa; las patas de las mesas no eran rectas como las de casa, sino esbeltas y curvadas, con una pequeña decoración tallada en el pie. La cama, metida en un hueco al fondo de la habitación, estaba vestida con una colcha espléndida, toda ella bordada con dibujos complicados.

Pero la diferencia más llamativa eran los libros. En su casa tenían los volúmenes imprescindibles de consulta que había que tener en todas las casas: un diccionario y el grueso directorio de la Comunidad que contenía descripciones de todos los organismos, fábricas, edificios y comités. Y el Libro de Normas, naturalmente.

Los libros de su casa eran los únicos que Jonás había visto en su vida. Ni sabía que existieran otros.

Pero las paredes de esta habitación estaban enteramente recubiertas de estanterías, llenas, que llegaban hasta el techo. Debía de haber allí cientos, quizá miles de libros, cada uno con su título escrito en letras brillantes.

Jonás los miró sin pestañear. No era capaz de imaginarse cuántos miles de páginas contendrían. ¿Podría haber otras normas además de las que regían la Comunidad? ¿Podría haber más descripciones de organismos y fábricas y comités?

Sólo tuvo un segundo para mirar a su alrededor, porque se dio cuenta de que el hombre que estaba sentado en un sillón junto a la mesa le vigilaba. Rápidamente avanzó, se detuvo ante él, hizo una pequeña inclinación y dijo:

—Soy Jonás.

—Ya lo sé. Bienvenido, Receptor de Memoria.

Jonás le reconoció: era el Anciano que parecía separado de los demás en la Ceremonia, aunque vestía la misma ropa especial que sólo vestían los Ancianos.

Jonás miró tímidamente a los ojos claros que reflejaban los suyos como un espejo.

—Señor, pido disculpas por mi incomprensión...

Esperó, pero el hombre no dio la respuesta habitual de aceptación de disculpas.

Pasado un instante, Jonás continuó:

—Es que creí, quiero decir creo —rectificó, diciéndose que si en algún momento era importante hablar con precisión, sin duda era entonces, en la presencia de aquel hombre—, que el Receptor de la Memoria es usted. Yo sólo soy, en fin, a mí únicamente me han asignado, quiero decir seleccionado, ayer. Yo no soy nada, todavía.

El hombre le miró pensativo, callado. Era una mirada en la que se mezclaban interés, curiosidad, atención y quizá también un poco de afecto.

Por fin habló.

—A partir de hoy, de este momento, por lo menos para mí, el Receptor eres tú. Yo vengo siendo el Receptor desde hace mucho tiempo. Muchísimo tiempo. Eso lo ves, ¿verdad?

Jonás asintió. El hombre tenía muchas arrugas y sus ojos, aunque penetrantes con su inusitada claridad, parecían cansados. La carne de alrededor estaba oscurecida en círculos de sombra.

—Veo que es usted muy viejo —replicó Jonás con respeto.

A los Viejos siempre se les trataba con el mayor respeto.

El hombre sonrió y con gesto risueño se palpó la carne fláccida de la cara.

—En realidad no soy tan viejo como aparento —dijo—. Este trabajo me ha envejecido. Ahora parece como si ya me debiera faltar poco para la liberación. Pero la verdad es que tengo bastante tiempo por delante.

"Me agradó, sin embargo, que te seleccionaran. Han tardado mucho. El fracaso de la selección anterior fue hace diez años y mi energía está empezando a disminuir. Necesito la fuerza que me queda para tu formación. Nos espera un trabajo duro y doloroso, a ti y a mí. Haz el favor de sentarte —dijo señalando al sillón cercano.

Jonás se dejó caer en el mullido asiento.

El hombre cerró los ojos y siguió hablando.

—Cuando yo llegué a Doce, fui seleccionado lo mismo que tú. Estaba asustado, como seguro que lo estás tú.

Abrió los ojos por un instante y miró a Jonás, que asintió.

Los ojos se volvieron a cerrar.

—Vine a este mismo cuarto para empezar mi formación. ¡Cuánto tiempo ha pasado desde entonces!

"El Receptor anterior me pareció tan viejo como yo te parezco a ti. Estaba tan cansado como yo lo estoy hoy.

De pronto se inclinó hacia delante, abrió los ojos y dijo:

—Puedes hacer preguntas. ¡Tengo tan poca experiencia de describir este proceso! Está prohibido hablar de ello.

—Lo sé, señor. He leído las instrucciones —dijo Jonás.

—Por eso puede ser que me descuide y no aclare las cosas como es debido —el hombre rió para sí—. Mi trabajo es importante y enormemente honroso. Pero eso no quiere decir que yo sea perfecto, y la otra vez que intenté formar a un sucesor fracasé. Así que hazme todas las preguntas que quieras.

En su pensamiento, Jonás tenía preguntas; un millar, un millón de preguntas. Tantas preguntas como libros había por las paredes. Pero no hizo ninguna, de momento.

El hombre suspiró como si pusiera en orden sus ideas. Después tomó otra vez la palabra.

—Dicho sencillamente —dijo—, aunque de sencillo no tiene nada, mi trabajo consiste en transmitirte todos los recuerdos que tengo dentro. Recuerdos del pasado.

—Señor —se aventuró a decir Jonás—, yo tendría mucho gusto en oír la historia de su vida y escuchar sus recuerdos. Pido disculpas por interrumpir —añadió rápidamente.

El hombre hizo un gesto de impaciencia con la mano.

—Nada de disculpas en esta habitación. No tenemos tiempo.

—Bien —continuó Jonás, con el malestar de darse cuenta de que podría estar interrumpiendo otra vez—, pues me interesa de verdad, no es que no me interese. Pero no alcanzo a entender por qué es tan importante. Yo podría hacer algún trabajo de adulto en la Comunidad y en las horas de recreación venir a escuchar los relatos de su infancia. Me gustaría. En realidad —añadió—, ya lo he hecho, en la Casa de los Viejos. A los Viejos les gusta contar su infancia y siempre es entretenido oírla.

El hombre meneó la cabeza.

—No, no —dijo—. No me he expresado con claridad. No es mi pasado, ni mi infancia, lo que te tengo que transmitir.

Se echó hacia atrás y apoyó la cabeza en el respaldo del sillón.

—Son los recuerdos del mundo entero —dijo, dando un suspiro—. Anteriores a ti, anteriores a mí, anteriores al anterior Receptor y a las generaciones que le precedieron.

Jonás frunció las cejas.

—¿Cómo del mundo entero? —preguntó—. No entiendo. ¿No de nosotros sólo? ¿No sólo de la Comunidad? ¿Se refiere a Afuera, también? —trató de asir la idea mentalmente—. Lo siento, señor, pero no alcanzo a comprender. Quizá tendría que ser más despierto. No sé a qué se refiere al decir "el mundo entero" o "las generaciones que le precedieron". Yo creía que sólo estábamos nosotros. Creía que sólo hay lo de ahora.

—Hay mucho más. Hay todo lo que va más allá, todo lo que está Afuera; y todo lo de atrás, desde hace muchísimo, muchísimo tiempo. Yo recibí todas esas cosas cuando me seleccionaron. Y aquí en esta habitación, yo solo, las vuelvo a experimentar una y otra vez. Es así como viene la sabiduría. Y como configuramos nuestro futuro.

Descansó un momento, respirando hondo.

—¡Pesan sobre mí de tal modo! —dijo.

Jonás sintió una terrible preocupación por aquel hombre, de pronto.

—Es como si...

El hombre hizo una pausa, como si quisiera encontrar las palabras justas para describirlo.

—Es como bajar un monte en trineo sobre un espeso manto de nieve —dijo por fin—. Al principio es emocionante: la velocidad, el aire cortante de puro fino; pero enseguida se acumula la nieve, se amontona sobre los patines, y te frena, tienes que empujar fuerte para seguir y...

De repente sacudió la cabeza y miró a Jonás.

—Eso no ha significado nada para ti, ¿verdad? —preguntó.

Jonás no supo qué responder.

—No lo he entendido, señor.

—Claro que no. Tú no sabes lo que es la nieve, ¿verdad?

Jonás negó con la cabeza.

—¿Ni un trineo? ¿Ni patines?

—No, señor —dijo Jonás.

—¿Y bajar un monte? ¿Eso te dice algo?

—Nada, señor.

—Bueno, puede ser un punto de partida. Antes estaba pensando cómo podríamos empezar. Pasa a la cama y túmbate boca abajo. Quítate antes la túnica.

Jonás obedeció, un poco temeroso. Bajo el pecho desnudo sintió los blandos pliegues del magnífico paño que cubría la cama. Vio que el hombre se levantaba y se dirigía primero a la pared donde estaba el altavoz. Era el mismo tipo de altavoz que había en todas las casas, pero con una diferencia. Este altavoz tenía un interruptor, que el hombre corrió diestramente al extremo donde ponía CERRADO.

Jonás apenas pudo reprimir una exclamación. ¡Tener el poder de cerrar el altavoz! Era asombroso.

Después el hombre se dirigió, con sorprendente agilidad, al ángulo donde estaba la cama. Se sentó en una silla al lado de Jonás, que estaba inmóvil, esperando a ver qué pasaba a continuación.

—Cierra los ojos. Relájate. Esto no dolerá.

Jonás recordó que se le permitía, se le animaba incluso a hacer preguntas.

—¿Qué va usted a hacer, señor? —preguntó, deseando que en la voz no se le notara el nerviosismo.

—Voy a transmitir el recuerdo de la nieve —dijo el Viejo.

Y puso las manos sobre la espalda desnuda de Jonás.

Capítulo Once

Al principio Jonás no sintió nada extraño, simplemente la ligera presión de las manos del Viejo en su espalda.

Intentó relajarse, respirar acompasadamente. En la habitación reinaba un silencio absoluto y por un instante Jonás temió hacer el ridículo ya, en su primer día de formación, si se quedaba dormido.

Entonces tiritó. Se dio cuenta de que el tacto de las manos, de pronto, era frío. En el mismo instante, al respirar, sintió que el aire cambiaba y que hasta su aliento se enfriaba. Se lamió los labios, y al hacerlo su lengua tocó un aire súbitamente helado.

Aquello era muy sorprendente, pero Jonás ya no tenía ningún miedo. Se encontraba lleno de energía y volvió a respirar sintiendo el cuchillo del aire helador. Entonces notó también un aire frío que se arremolinaba alrededor de todo su cuerpo. Lo sentía soplar contra sus manos, que yacían a sus costados y por encima de su espalda.

El tacto de las manos del hombre parecía haber desaparecido.

Entonces se percató de una sensación totalmente nueva: ¿pinchazos? No, porque eran suaves y no dolían. Unas sensaciones pequeñitas, frías, como plumas, que salpicaban su cuerpo y su cara. Volvió a sacar la lengua y uno de los puntitos de frío se posó en ella. Al instante desapareció de su conciencia; pero atrapó otro, y otro, y la sensación le hizo sonreír.

Una parte de su ser sabía que seguía estando allí tendido, sobre la cama de la habitación del Anexo. Pero otra parte distinta de su ser estaba ahora erguida, en posición sentada, y notaba que no tenía debajo la blanda colcha decorada, sino que estaba sentado en una superficie dura y plana. Sus manos sujetaban (aunque al mismo tiempo permanecían inmóviles a sus costados) una cuerda áspera y húmeda.

Y veía, a pesar de tener los ojos cerrados. Veía un torrente, un torbellino luminoso de cristales en el aire de alrededor, los veía acumularse sobre el dorso de sus manos, como una piel fría.

Su aliento era visible.

Más allá, a través del remolino de aquello que ahora percibía, sin saber cómo, que era lo que había nombrado el Viejo –la nieve–, su vista abarcaba una gran distancia. Estaba en un lugar alto. El suelo era una gruesa capa de nieve esponjosa, pero él estaba sentado un poco más arriba, sobre un objeto duro y plano.

Un trineo, supo de golpe. Estaba sentado sobre una cosa llamada trineo. Y el trineo parecía estar colocado en lo alto de una larga cuesta que se alzaba del propio terreno. Y en el mismo instante en que pensó la palabra "cuesta", su nueva conciencia le dijo: monte.

Entonces el trineo, con Jonás encima, empezó a avanzar a través de la nieve que caía y él comprendió inmediatamente que estaba bajando el monte. Ninguna voz lo había explicado; era la propia experiencia la que se explicaba.

Su cara hendía el aire helador cuando inició el descenso, a través de la sustancia llamada nieve, en un vehículo llamado trineo, que avanzaba sobre algo que entonces supo sin sombra de duda que eran los patines.

Abarcar todas aquellas cosas mientras descendía velozmente no le impidió disfrutar del intenso gozo que le invadía: la velocidad, el aire fino y frío, el silencio total, la sensación de equilibrio y emoción y paz.

Pero a medida que el ángulo del descenso se iba reduciendo, a medida que la cuesta –el monte– se aplanaba al llegar abajo, el trineo perdía velocidad. Ahora la nieve se le acumulaba alrededor, y Jonás hizo fuerza con su cuerpo para impulsarlo, porque no quería que aquella emocionante carrera acabase.

Hasta que el obstáculo de la nieve acumulada fue demasiado para los estrechos patines y el trineo se paró. Jonás se quedó quieto un momento, jadeando, sujetando la cuerda entre sus manos frías. Abrió los ojos con cautela; no los ojos de la nieve, el monte y el trineo, pues ésos habían estado abiertos durante todo el extraño viaje. Abrió sus ojos normales y vio que seguía estando sobre la cama, vio que no se había movido.

El Viejo, todavía a su lado, le miraba fijamente.

—¿Cómo te sientes? —preguntó.

Jonás se incorporó y trató de responder sinceramente.

—Sorprendido —dijo al cabo de un instante.

El Viejo se enjugó la frente con la manga.

—¡Uf! —dijo—. Ha sido agotador. Pero fíjate, sólo por transmitirte ese pequeñísimo recuerdo ya me encuentro un poco menos cargado.

—¿Quiere usted decir…, me dijo que podía hacer preguntas?

El hombre asintió, alentándole a preguntar.

—¿Quiere usted decir que ahora ya no tiene el recuerdo de eso, de ese viaje en el trineo?

—Eso es. Un poquito de peso menos para este viejo cuerpo.

—¡Pero era muy divertido! ¡Y ahora usted no lo tiene! ¡Yo se lo he quitado!

Pero el Viejo se rió.

—Yo no te he dado más que una carrera, en un trineo, bajo una nevada, por un monte. Tengo un sinfín de ellas en la memoria. Te las podría ir dando una por una, mil veces, y aún quedarían más.

—¿Quiere usted decir que podría, o sea que podríamos, hacerlo otra vez? —preguntó Jonás—. Me gustaría de verdad. Creo que podría conducir, tirando de la cuerda. Esta vez no lo intenté porque todo era muy nuevo.

El Viejo, riendo, sacudió la cabeza.

—Quizá otro día, de regalo. Pero no hay tiempo, realmente, para que nos dediquemos a jugar. Sólo he querido empezar enseñándote cómo se hace.

"Ahora —añadió, pasando a un tono más práctico—, échate. Quiero…

Jonás se echó. Esperaba con ansia la experiencia siguiente. Pero de pronto se le ocurrieron muchísimas preguntas.

—¿Por qué no tenemos nieve, ni trineos, ni montes? —preguntó—. ¿Y cuándo los tuvimos en el pasado? ¿Mis padres tuvieron trineos cuando eran muy jóvenes? ¿Y usted?

El Viejo se encogió de hombros y soltó una risilla breve.

—No —dijo—. Es un recuerdo muy lejano. Por eso ha sido tan agotador: tengo que tirar de él desde una distancia de muchas generaciones. Se me dio al principio de ser Receptor, y también el Receptor anterior tenía que tirar de él desde muy atrás.

—Pero, ¿qué fue de aquellas cosas, de la nieve y todo lo demás?

—El Control del Clima. La nieve dificultaba el cultivo de alimentos, limitaba los períodos agrícolas. Y la imprevisibilidad del tiempo hacía el transporte casi imposible, a veces. No era práctica y por lo tanto se abandonó cuando pasamos a la Igualdad.

"Y los montes también —añadió—. Entorpecían el transporte de mercancías. Los camiones, los autobuses, perdían velocidad. Así que… —sacudió la mano, como si un gesto hubiera hecho desaparecer los montes—. La Igualdad —concluyó.

Jonás frunció el ceño.

—Pues a mí me gustaría que siguiéramos teniendo esas cosas. Sólo de vez en cuando.

El Viejo sonrió.

—A mí también —dijo—. Pero no nos dan a elegir.

—Pero, señor —sugirió Jonás—, ya que usted tiene tanto poder...

El hombre le corrigió.

—Honor —dijo tajantemente—. Tengo un gran honor. Como lo tendrás tú. Pero ya te darás cuenta de que no es lo mismo que poder.

"Ahora túmbate y estáte quieto. Ya que nos hemos metido en el tema del clima, déjame que te pase otra cosa. Y esta vez no te voy a decir cómo se llama, porque quiero comprobar la recepción. Deberías ser capaz de percibir el nombre sin que te lo diga. "Nieve", "trineo", "bajar por un monte" y "patines" te los había descubierto yo al nombrártelos antes.

Sin necesidad de que se lo mandaran, Jonás volvió a cerrar los ojos. Volvió a sentir las manos en su espalda. Esperó.

Ahora llegaban más deprisa las impresiones. Esta vez las manos no se enfriaron, al contrario: las empezó a notar tibias sobre su cuerpo. Se humedecieron un poco. El calor se extendió, difundiéndose sobre sus hombros, subiendo por el cuello hasta la mejilla. Lo sentía también bajo la ropa, una sensación general agradable; y cuando esta vez se lamió los labios, el aire estaba caliente y pesado.

No se movía. No había ningún trineo. Su postura no cambiaba. Estaba sencillamente solo, no sabía dónde, al aire libre, tendido boca abajo, y el calor venía de muy arriba. No era tan emocionante como la carrera a través del aire nevado, pero era grato y reconfortante.

De pronto percibió el nombre de aquello: calor del sol. Percibió que venía del cielo.

Entonces se acabó.

—Calor del sol —dijo en voz alta, abriendo los ojos.

83

—Bien. Te llegó el nombre. Eso facilita mi trabajo. No habrá tanto que explicar.

—Y venía del cielo.

—Exactamente —dijo el Viejo—. Como pasaba antes.

—Antes de la Igualdad. Antes del Control del Clima —añadió Jonás.

El hombre se echó a reír.

—Recibes bien y aprendes deprisa. Estoy muy contento contigo. Creo que por hoy ya está bien. Hemos hecho un buen comienzo.

Había una pregunta que inquietaba a Jonás.

—Señor —dijo—, la Presidenta de los Ancianos me dijo, le dijo a todo el mundo, y usted también me lo ha dicho, que sería doloroso. Así que yo tenía un poco de miedo. Pero no me ha dolido nada. Lo he pasado muy bien.

Y miró al Viejo con gesto interrogante.

El hombre dio un suspiro.

—Te he hecho empezar con recuerdos placenteros. Mi fracaso anterior me dio la sabiduría de hacerlo así —respiró hondo unas cuantas veces—. Jonás —dijo—, será doloroso. Pero no tiene por qué serlo aún.

—Yo soy valiente. De verdad.

Jonás se puso un poco más derecho.

El Viejo le miró durante unos instantes y sonrió.

—Ya lo veo —dijo—. Bueno, ya que has hecho la pregunta..., creo que me queda energía para una transmisión más. Túmbate otra vez. Será lo último por hoy.

Jonás obedeció alegremente. Cerró los ojos, esperando, y volvió a sentir las manos; después sintió otra vez la tibieza, otra vez el calor del sol, que venía del cielo de esta otra conciencia que era tan nueva para él. Esta vez, según yacía disfrutando del calor maravilloso, sintió el paso del tiempo. Su yo real se dio cuenta de que era sólo un minuto o dos, pero el otro yo, el receptor de memoria, sintió que pasaba horas al sol. La piel le empezó a escocer.

Incómodo, movió un brazo doblándolo, y sintió un dolor agudo en el pliegue interior del codo.

—¡Aaah! —dijo en voz alta, y cambió de postura sobre la cama—. ¡Uuuf! —exclamó, porque al moverse le dolió todo, hasta la cara al mover la boca para hablar.

Sabía que había un nombre, pero el dolor no le dejaba asirlo.

Entonces se acabó. Abrió los ojos, con la cara contraída por la molestia.

—Ha dolido —dijo—, y no he podido captar el nombre.

—Quemadura —dijo el Viejo.

—Ha dolido mucho —dijo Jonás—, pero me alegro de que me lo haya dado. Ha sido interesante. Y ahora entiendo mejor lo que significaba que habría dolor.

El hombre no respondió. Guardó silencio durante unos segundos, y luego dijo:

—Levántate ya. Es hora de que vuelvas a casa.

Caminaron juntos hasta el centro de la habitación. Jonás volvió a ponerse la túnica.

—Adiós, señor —dijo—. Gracias por mi primer día.

El Viejo contestó asintiendo con la cabeza. Se le veía agotado y un poco triste.

—¡Señor! —dijo Jonás tímidamente.

—¿Qué? ¿Tienes alguna pregunta?

—Es que no sé cómo se llama usted. Yo pensaba que era usted el Receptor, pero usted dice que ahora el Receptor soy yo. Así que no sé cómo llamarle.

El hombre se había vuelto a sentar en el sillón cómodo. Giró los hombros como para librarse de una sensación dolorosa. Parecía tremendamente cansado.

—Llámame Dador —dijo.

Capítulo Doce

Has dormido bien, Jonás? —preguntó su madre en el desayuno—. ¿No has tenido sueños?

Jonás se limitó a sonreír y asentir, ni preparado a mentir ni deseoso de decir la verdad.

—He dormido muy bien —dijo.

—Así querría yo que durmiera éste —dijo su padre, inclinándose desde la silla para tocar el puñito que alzaba Gabriel.

Tenía el capacho en el suelo a su lado; desde un ángulo, junto a la cabeza de Gabriel, el hipopótamo de peluche miraba con sus ojos sin expresión.

—Y yo —dijo Mamá, alzando los ojos al cielo—. Hay que ver lo inquieto que está por las noches Gabriel.

Jonás no había oído al Nacido durante la noche porque, como siempre, él había dormido bien. Pero no era verdad que no hubiera soñado.

Una y otra vez, durmiendo, se había deslizado por aquel monte nevado. Siempre, en el sueño, parecía como si hubiera un punto de destino: algo, no podía precisar qué, que estaba más allá del lugar donde el espesor de la nieve paraba el trineo.

Se quedó, al despertarse, con la impresión de que quería, de que necesitaba incluso, llegar a ese algo que le esperaba en la lejanía. La impresión de que era bueno. De que era acogedor. De que era importante.

Pero no sabía cómo llegar allá.

Intentó deshacerse del residuo de sueño mientras reunía los deberes y se preparaba para el día.

La escuela parecía hoy un poco diferente. Las clases eran las mismas: lengua y comunicaciones; comercio e industria; ciencia y tecnología; procedimientos civiles y gobierno. Pero durante los descansos para recreación y el almuerzo, los otros nuevos Doces no paraban de contar cosas de su primer día de formación. Hablaban todos a la vez, interrumpiéndose, disculpándose precipitadamente por interrumpir, luego olvidándose otra vez por la emoción de describir las nuevas experiencias.

Jonás escuchaba. Tenía muy presente el mandato de no comentar su formación. Pero en cualquier caso habría sido imposible. No había manera de describir a sus amigos lo que había experimentado allí, en la habitación del Anexo. ¿Cómo describir un trineo sin describir un monte y la nieve; y cómo describir un monte y la nieve a alguien que no hubiera sentido nunca la altura ni el viento ni aquel frío mágico de plumas?

Incluso con aquel entrenamiento de años en la precisión del habla, ¿qué palabras emplear que pudieran dar a otro la experiencia del calor del sol?

Así que a Jonás no le costó trabajo callarse y escuchar.

Al salir de la escuela volvió a ir con Fiona hasta la Casa de los Viejos.

—Ayer te busqué —le dijo Fiona— para volver a casa juntos. Vi que estaba tu bici y esperé un rato. Pero como se hacía tarde me marché.

—Pido disculpas por hacerte esperar —dijo Jonás.

—Te disculpo —replicó ella automáticamente.

—Me quedé un poco más de lo que pensaba —explicó Jonás.

Ella siguió pedaleando en silencio y él notó que estaba esperando que le dijera por qué. Esperaba que Jonás le describiera su primer día de formación. Pero preguntar habría sido grosero.

—Tú has hecho tantas horas de voluntariado con los Viejos —dijo Jonás cambiando de tema— que ya habrá pocas cosas que no sepas.

—Huy, hay mucho que aprender —repuso Fiona—. Está el trabajo administrativo, y las Normas Dietarias, y el castigo por desobediencia; ¿tú sabías que se utiliza una palmeta de disciplina con los Viejos, lo mismo que con los niños pequeños? Y la terapia ocupacional, y las actividades de recreación, y las medicaciones, y...

Llegaron al edificio y echaron el freno a las bicis.

—La verdad es que creo que me va a gustar más que la escuela —confesó Fiona.

—A mí también —coincidió Jonás, empujando la bici hasta su sitio.

Ella aguardó unos instantes, como si de nuevo esperase que continuara. Luego miró el reloj, se despidió con la mano y echó a correr hacia la entrada.

Jonás permaneció un momento parado junto a la bici, sorprendido. Había vuelto a ocurrir; aquello que ahora clasificaba como "Ver Más". Esta vez había sido Fiona la que había sufrido aquel cambio fugaz e indescriptible. Al alzar él la vista para mirarla cuando entraba por la puerta, sucedió: Fiona cambió. En realidad, pensó Jonás intentando reconstruirlo mentalmente, no había sido Fiona toda entera. Parecía ser sólo su pelo. Y sólo por un breve instante.

Hizo un repaso, reflexionando. Estaba claro que empezaba a ocurrir más a menudo. Primero la manzana, hacía unas semanas.

La vez siguiente habían sido las caras del público en el Auditorio, hacía sólo dos días. Ahora, hoy, el pelo de Fiona.

Con el ceño fruncido, dirigió sus pasos al Anexo. "Se lo preguntaré al Dador", decidió.

El Viejo alzó la vista, sonriente, cuando Jonás entró en la habitación. Estaba ya sentado junto a la cama y hoy parecía tener más energías, estar ligeramente renovado y contento de ver a Jonás.

—Bienvenido —dijo—. Tenemos que empezar. Llegas con un minuto de retraso.

—Pido disc… —empezó Jonás, pero se calló, poniéndose colorado, al acordarse de que no había que pedir disculpas.

Se quitó la túnica y se fue a la cama.

—Llego con un minuto de retraso porque ha ocurrido una cosa —explicó—. Y me gustaría preguntarle acerca de eso, si no le molesta.

—Puedes preguntarme lo que quieras.

Jonás intentó ponerlo en orden mentalmente para poder explicarlo con claridad.

—Creo que es lo que usted llama Ver Más —dijo.

El Dador asintió.

—Descríbelo —dijo.

Jonás le refirió la experiencia que había tenido con la manzana. Después, el momento del escenario, cuando extendió la mirada y vio el mismo fenómeno en las caras de la gente.

—Y hoy, ahora mismo, ahí fuera, ha ocurrido con mi amiga Fiona. Ella en sí no ha cambiado exactamente. Pero hubo algo de ella que cambió por un instante. Su pelo era diferente; pero no en la forma, no en el largo. No alcanzo del todo a…

Hizo una pausa, frustrado por su incapacidad de asir y describir exactamente lo que había ocurrido.

Por fin se limitó a decir:

—Cambió. No sé cómo ni por qué. Por eso he llegado con un minuto de retraso —concluyó, y miró interrogante al Dador.

Para su sorpresa, el Viejo le hizo una pregunta que no parecía tener relación con el Ver Más.

—Cuando ayer te di el recuerdo, el primero, el de la bajada en trineo, ¿miraste alrededor?

Jonás asintió.

—Sí —dijo—, pero la sustancia, quiero decir la nieve, que había en el aire casi no dejaba ver nada.

—¿Miraste al trineo?

Jonás hizo memoria.

—No. Únicamente lo sentí debajo de mí. Soñé con él anoche, también. Pero no recuerdo haber visto el trineo en el sueño, tampoco. Sólo sentirlo.

El Dador parecía estar pensando.

—Cuando yo te observaba, antes de la selección, me pareció que probablemente tenías la capacidad, y lo que describes lo confirma. A mí me pasó de manera un poco distinta —dijo el Dador—. Cuando yo tenía justo tu edad, en vísperas de ser el nuevo Receptor, empecé a experimentarlo, aunque adoptó una forma diferente. En mi caso fue… Bueno, no te lo voy a describir ahora; no lo entenderías aún.

”Pero creo adivinar lo que te está pasando. Permíteme hacer una pequeña prueba de comprobación. Túmbate.

Jonás se volvió a tumbar en la cama con las manos a los costados. Ahora se sentía cómodo allí. Cerró los ojos y esperó la sensación familiar de las manos del Dador en su espalda.

Pero no llegó. En lugar de eso, el Dador le ordenó:

—Evoca el recuerdo del viaje en trineo. Solamente el comienzo, cuando estás en lo alto del monte, antes de empezar el descenso. Y esta vez baja los ojos al trineo.

Jonás no entendía. Abrió los ojos.

—Perdón —dijo cortésmente—, pero, ¿no tiene que darme usted el recuerdo?

—Ahora es un recuerdo tuyo. Ya no es mío, ya no lo experimento yo. Lo he dado.

—¿Y cómo puedo evocarlo?

—¿Tú no recuerdas el año pasado, o el año en que eras Siete, o Cinco?

—Por supuesto.

—Pues viene a ser lo mismo. Toda la gente de la Comunidad tiene recuerdos de una generación como ésos. Pero ahora tú podrás remontarte un poco más atrás. Inténtalo. Basta con que te concentres.

Jonás volvió a cerrar los ojos. Respiró hondo y buscó el trineo y el monte y la nieve en su conciencia.

Allí estaban, sin esfuerzo. Se halló otra vez sentado en aquel mundo que era un remolino de copos de nieve, en lo alto del monte.

Sonrió anchamente de satisfacción y echó el aliento para verlo hecho vapor. Después, según se le había mandado, bajó los ojos. Vio sus manos, de nuevo cubiertas de nieve, sujetando la cuerda. Vio sus piernas y las ladeó para atisbar el trineo de debajo.

Y se quedó mirándolo atónito. Esta vez no fue una impresión pasajera. Esta vez el trineo tenía –y conservó, mientras él parpadeaba y seguía mirándolo– aquella misma cualidad misteriosa que la manzana había tenido tan fugazmente. Y el pelo de Fiona. El trineo no cambió. Simplemente fue… lo que fuera aquello.

Abrió los ojos. Seguía estando en la cama y el Dador le observaba con curiosidad.

—Sí —dijo Jonás despacio—. Lo he visto, en el trineo.

—Déjame probar con otra cosa más. Mira hacia allá, a la estantería. ¿Ves la fila de libros más alta, los de detrás de la mesa, arriba del todo?

Jonás los buscó con la vista. Los miró fijamente y cambiaron. Pero el cambio fue efímero. Al instante siguiente se había desvanecido.

—Ha ocurrido —dijo—. Les ha ocurrido a los libros, pero se ha vuelto a ir.

—Entonces tengo razón —dijo el Dador—. Estás empezando a ver el color rojo.

—¿El qué?

El Dador suspiró.

—¿Cómo explicar esto? Hubo una época, allá en el tiempo de los recuerdos, en que todo tenía forma y tamaño, como siguen teniendo las cosas, pero tenía además una cualidad llamada color.

"Había muchos colores y uno de ellos se llamaba rojo. Ése es el que tú estás empezando a ver. Tu amiga Fiona tiene el pelo rojo, cosa muy notable; ya me había fijado yo antes. Al mencionar tú el pelo de Fiona, fue lo que me dio la pista de que probablemente estabas empezando a ver el color rojo.

—¿Y las caras de la gente? ¿Las que vi en la Ceremonia?

El Dador sacudió la cabeza.

—No, la carne no es roja. Pero tiene tonos rojos. Hubo incluso una época, esto lo verás en los recuerdos más adelante, en que la piel era de muchos colores diferentes. Eso fue antes de que entrásemos en la Igualdad. Ahora la piel es toda igual, y lo que tú viste fueron los tonos rojos. Seguramente cuando viste que las caras tomaban color no fue tan fuerte o vibrante como la manzana o el pelo de tu amiga.

De pronto el Dador se rió para sí.

—Jamás hemos llegado a conseguir totalmente la Igualdad. Me imagino que los científicos de la genética deben de estar todavía devanándose los sesos para eliminar los fallos. Un pelo como el de Fiona les debe de poner fuera de sí.

Jonás escuchaba, tratando por todos los medios de entender.

—¿Y el trineo? —dijo—. Tenía esa misma cosa: el color rojo. Pero no cambió, Dador. Simplemente era.

—Sí, porque es un recuerdo de la época en que el color era.

—Era tan... ¡Ah, qué lástima que el lenguaje no sea más preciso! ¡El rojo era tan bonito!

El Dador asintió.

—Lo es.

—¿Usted lo ve todo el tiempo?

—Los veo todos. Todos los colores.

—¿Y yo los veré?

—Naturalmente, cuando recibas los recuerdos. Tú tienes la capacidad de Ver Más. Adquirirás sabiduría, entonces, junto con los colores. Y mucho más.

A Jonás no le interesaba en aquel momento la sabiduría. Eran los colores lo que le fascinaba.

—¿Por qué no los ve todo el mundo? ¿Por qué desaparecieron los colores?

El Dador se encogió de hombros.

—Nuestra gente tomó aquella decisión, la decisión de pasar a la Igualdad. Antes de mi época, antes de la época anterior, hace muchísimo, muchísimo tiempo. Renunciamos al color cuando renunciamos al calor del sol y suprimimos las diferencias —reflexionó un momento—. Entonces conseguimos controlar muchas cosas. Pero hubo que renunciar a otras.

—¡Pues mal hecho! —dijo Jonás con fiereza.

Al Dador le sobresaltó la rotundidad de aquella reacción de Jonás. Enseguida sonrió con gesto irónico.

—Muy deprisa has llegado a esa conclusión —dijo—. Yo tardé muchos años. A lo mejor tu sabiduría viene mucho más deprisa que la mía.

Echó una ojeada al reloj de la pared.

—Ahora échate. Tenemos mucho que hacer.

—Dador —preguntó Jonás mientras volvía a colocarse en la cama—, ¿cómo le pasó a usted cuando se estaba haciendo Receptor? Ha dicho que el Ver Más le sucedió, pero no de la misma manera.

Las manos regresaron a su espalda.

—Otro día —dijo el Dador con dulzura—. Otro día te lo cuento. Ahora tenemos que trabajar. Y se me ha ocurrido un modo de ayudarte con el concepto de color. Ahora cierra los ojos y no te muevas. Te voy a pasar un recuerdo de un arco iris.

Capítulo Trece

Pasaron días y semanas. Jonás aprendió, a través de los recuerdos, los nombres de los colores; y entonces empezó a verlos todos en su vida corriente (aunque sabía que ya no era corriente, ni lo volvería a ser nunca). Pero no duraban. Había, por ejemplo, un atisbo de verde en el césped plantado alrededor de la Plaza Central o en un matorral a la orilla del río. El naranja intenso de las calabazas que venían en camiones de los campos agrícolas que había más allá de la Comunidad: se veía durante un segundo, el destello de color brillante, pero luego se apagaba y las calabazas volvían a tomar su aspecto plano, sin matices.

El Dador le dijo que tendría que transcurrir mucho tiempo antes de que viera los colores permanentes.

—¡Pero yo los quiero! —dijo Jonás, enfadado—. ¡No es justo que nada tenga color!

—¿Cómo que no es justo? —el Dador miró a Jonás con curiosidad—. Explícate.

—Pues…

Jonás tuvo que pararse a pensarlo bien.

—¡Si todo es igual, no se puede elegir! ¡Yo quiero despertarme por la mañana y decidir cosas! ¿Una túnica azul o roja?

Y se miró, miró al tejido incoloro de su ropa.

—Pero todo es igual siempre.

Entonces se rió un poco.

—Ya sé que no es importante lo que uno lleve puesto. No importa. Pero…

—Elegir es lo importante, ¿no? —preguntó el Dador.

Jonás asintió.

—Mi hermanito… —empezó a decir, pero rectificó—. No, eso es inexacto. No es hermano mío, en realidad. Pero este Nacido que mi familia cuida…, que se llama Gabriel…

—Sí, ya sé lo de Gabriel.

—Bueno, pues está justo en una edad en la que aprende muchísimo. Agarra los juguetes cuando se los ponemos delante; mi padre dice que está aprendiendo el control de los músculos menores. Y es verdaderamente simpático.

El Dador asintió.

—Pero ahora que yo veo los colores, por lo menos a veces, estaba pensando: ¿y qué pasaría si le pudiéramos poner cosas que fueran muy rojas o muy amarillas y él pudiera escoger? En vez de la Igualdad.

—Que podría escoger mal.

—¡Ah! —Jonás se quedó callado unos instantes—. Ya, ya veo lo que quiere decir. Para un juguete de Nacido no importaría. Pero después sí importa, ¿no es eso? No nos atrevemos a dejar que la gente escoja.

—¿No sería prudente? —sugirió el Dador.

—Desde luego, no sería nada prudente —dijo Jonás con convicción—. ¿Y si se les dejara escoger a su cónyuge y escogieran mal? ¿O si —continuó, casi riéndose de semejante absurdo— escogieran su trabajo?

—Asusta, ¿verdad? —dijo el Dador.

Jonás rió entre dientes.

—Asusta mucho. No me lo puedo ni imaginar. Es verdad que hay que proteger a la gente de la posibilidad de escoger mal.

—Es más seguro.

—Sí —reconoció Jonás—. Mucho más seguro.

Pero cuando la conversación pasó a otras cosas Jonás se quedó, aún, con un sentimiento de frustración que no entendía.

Ahora se sorprendía a menudo enfadado: irracionalmente enfadado con sus compañeros de grupo, porque estaban satisfechos con unas vidas que no tenían nada de la vibración que la suya estaba adquiriendo. Y enfadado consigo mismo, por no poder cambiar esa situación.

Lo intentó. Sin pedirle permiso al Dador, porque temía –o sabía– que no se lo daría, intentó dar su nueva conciencia a sus amigos.

—Asher —dijo una mañana—, mira esas flores con mucha atención.

Estaban junto a un macizo de geranios plantado cerca del Registro Público. Puso sus manos sobre los hombros de Asher y se concentró en el rojo de los pétalos, tratando de retenerlo todo el tiempo que pudo, y a la vez tratando de transmitir la conciencia del rojo a su amigo.

—¿Qué ocurre? —preguntó Asher, intranquilo—. ¿Pasa algo malo?

Y se apartó de las manos de Jonás. Era sumamente grosero que un ciudadano tocase a otro fuera de las Unidades Familiares.

—No, nada. Se me ocurrió que se estaban marchitando y deberíamos comunicar al Equipo de Jardinería que necesitan más riego.

Y Jonás dio un suspiro y se alejó.

Una tarde volvió de la formación a su casa abrumado por su nuevo conocimiento. El Dador había escogido aquel día un recuerdo sorprendente y turbador. Bajo el tacto de sus manos, Jonás se había encontrado de pronto en un lugar que le resultaba completamente extraño: caluroso y barrido por el viento, bajo un vasto cielo azul. Había matas de hierba rala, algún que otro arbusto y alguna peña, y cerca se veía una zona de vegetación más espesa: árboles anchos y bajos que se recortaban sobre el cielo. Oyó ruidos: disparos secos de armas –percibió la palabra rifles– y luego gritos, y un estrépito inmenso y brusco de algo que caía, arrancando ramas de los árboles.

Oyó voces que se llamaban unas a otras. Atisbando desde el lugar donde estaba escondido detrás de unos arbustos, se acordó de lo que le había dicho el Dador, que en otro tiempo la piel tenía distintos colores. Dos de aquellos hombres tenían la piel marrón oscura; los otros eran claros. Acercándose más, vio que cortaban a hachazos los colmillos de un elefante inmóvil en el suelo y se los llevaban a cuestas, salpicados de sangre. Y se sintió agobiado por una nueva percepción del color que conocía como rojo.

Después los hombres se fueron hacia el horizonte a toda velocidad, en un vehículo que escupía piedrecitas con el girar de sus ruedas. Una piedra le dio en la cabeza y le dolió. Pero el recuerdo continuó, aunque Jonás estaba ya deseando que acabara.

Entonces vio que otro elefante salía del lugar donde había permanecido oculto entre los árboles. Muy despacio caminó hasta el cuerpo mutilado y lo miró. Con su trompa sinuosa acarició el enorme cadáver; después la levantó, arrancó de cuajo unas ramas frondosas y las tendió por encima de la mole de carne desgarrada.

Por último ladeó su cabeza poderosa, elevó la trompa y bramó al paisaje vacío. Jonás no había oído nunca nada semejante. Era un sonido de rabia y de dolor y parecía que no iba a acabar nunca.

Aún lo seguía oyendo cuando abrió los ojos, angustiado, tendido sobre la cama donde recibía los recuerdos. Y seguía bramando en su conciencia mientras pedaleó lentamente de vuelta a casa.

—Lily —preguntó esa noche cuando su hermana tomó de la estantería su objeto sedante, el elefante de peluche—, ¿tú sabías que en otra época hubo elefantes de verdad, vivos?

Ella bajó la vista al desflecado objeto sedante y sonrió de oreja a oreja.

—Sí, sí —dijo escépticamente—. Claro, Jonás.

Jonás fue a sentarse con ellos mientras su padre le desataba a Lily las cintas del pelo y la peinaba. Puso una mano en un hombro de cada uno. Con todo su ser intentó pasarles un fragmento del recuerdo: no del grito torturado del elefante, sino del ser del elefante, de aquel ser imponente, inmenso y de la delicadeza con que había atendido a su amigo al final.

Pero su padre siguió peinando la larga cabellera de Lily y Lily, impaciente, se revolvió al fin bajo la presión de su hermano.

—Jonás —dijo—, me estás haciendo daño con la mano.

—Pido disculpas por hacerte daño, Lily —farfulló Jonás, y la retiró.

—Te disculpo —respondió Lily, indiferente, acariciando el elefante sin vida.

—Dador —preguntó una vez Jonás mientras se preparaban para el trabajo del día—, ¿usted no tiene cónyuge? ¿No se le permite solicitarlo?

Aunque estaba eximido de las Normas de Cortesía, se daba cuenta de que la pregunta era grosera. Pero el Dador había alentado todas sus preguntas, sin que aparentemente le molestaran u ofendieran ni siquiera las más personales.

El Dador rió por lo bajo.

—No, no hay ninguna Norma que lo prohíba. Y sí he tenido cónyuge. Se te olvida que soy muy viejo, Jonás. Mi excónyuge vive ahora con los Adultos Sin Hijos.

—Ah, claro.

Sí que se le había olvidado a Jonás la evidente vejez del Dador. Cuando los adultos de la Comunidad envejecían, su vida cambiaba. Ya no eran necesarios para crear Unidades Familiares. También los padres de Jonás, cuando él y Lily fueran mayores, se irían a vivir con los Adultos Sin Hijos.

—Tú podrás pedir cónyuge, Jonás, si quieres. Te advierto, sin embargo, que será difícil. La organización de tu casa tendrá que ser diferente de la de la mayoría de las Unidades Familiares, porque a los ciudadanos les están prohibidos los libros. Tú y yo somos los únicos que tenemos acceso a los libros.

Jonás paseó la vista por el pasmoso despliegue de volúmenes. Ahora, de vez en cuando, veía sus colores. Como las horas que pasaban juntos él y el Dador se les iban en hablar y en la transmisión de recuerdos, Jonás no había abierto todavía ninguno de los libros. Pero leía los títulos aquí y allá y sabía que contenían todo el conocimiento de siglos y que un día le pertenecerían.

—De modo que si tengo cónyuge, y quizá hijos, ¿tendré que ocultarles los libros?

El Dador asintió.

—Exactamente, a mí no se me permitió compartir los libros con mi cónyuge. Y hay otras dificultades además. ¿Recuerdas la Norma que dice que el nuevo Receptor no puede hablar de su formación?

Jonás asintió. Claro que la recordaba. Había resultado ser, con mucho, la más fastidiosa de las Normas que tenía que obedecer.

—Cuando pases a ser el Receptor oficial, cuando acabemos con esto, se te dará un conjunto de Normas totalmente nuevo. Ésas son las Normas que yo obedezco. Y no te sorprenderá que a mí me esté prohibido hablar de mi trabajo con nadie que no sea el nuevo Receptor. Que eres tú, por supuesto. De modo que habrá toda una parte de tu vida que no podrás compartir con una familia. Es duro, Jonás. Para mí era duro.

"¿Tú entiendes, verdad, que esto es mi vida? ¿Los recuerdos?

Jonás volvió a asentir, pero se extrañó. ¿No consistía la vida en las cosas que uno hacía cada día? Realmente, no había nada más.

—Yo le he visto a usted dar paseos —dijo.

El Dador suspiró.

—Doy paseos. Y como a las horas de comer. Y cuando me llama el Comité de Ancianos, comparezco ante ellos para darles consejo y orientación.

—¿Los aconseja usted muy a menudo?

A Jonás le asustaba un poco pensar que un día tendría que ser él quien diera consejo al Órgano de Gobierno.

Pero el Dador dijo que no.

—Rara vez. Sólo cuando se encuentran con algo que no han experimentado anteriormente. Entonces me llaman para que utilice los recuerdos y les aconseje. Pero pasa muy raramente. A veces me gustaría que solicitaran mi sabiduría con más frecuencia: son tantas las cosas que les podría contar, tantas las cosas que me gustaría que cambiaran. Pero no quieren cambios. La vida aquí es tan ordenada, tan previsible; tan indolora. Es lo que han elegido.

—Pues entonces, no sé para qué necesitan siquiera un Receptor, si no le llaman nunca —comentó Jonás.

—A mí me necesitan. Y a ti —dijo el Dador, pero no explicó—. Eso se les recordó hace diez años.

—¿Qué pasó hace diez años? —preguntó Jonás—. Ah, ya sé. Quiso usted formar a un sucesor y salió mal. ¿Por qué? ¿Por qué se lo recordó eso?

El Dador sonrió tristemente.

—Al fallar el nuevo Receptor, los recuerdos que había recibido se liberaron. No volvieron a mí. Se fueron…

Hizo una pausa y pareció como si forcejeara con la idea.

—No sé exactamente. Se fueron al lugar donde antiguamente existían los recuerdos, antes de que se crearan los Receptores. Por ahí… —e hizo un gesto vago con el brazo—. Y entonces la gente pudo acceder a ellos. Al parecer es lo que sucedía antiguamente. Todo el mundo tenía acceso a los recuerdos.

"Fue el caos. Sufrieron de verdad durante un tiempo. Hasta que al fin se pasó, cuando los recuerdos se asimilaron. Pero desde luego aquello les hizo darse cuenta de lo necesario que es un Receptor para contener todo ese dolor. Y el conocimiento.

—Pero usted tiene que sufrir así todo el rato —señaló Jonás.

El Dador asintió.

—Y tú también tendrás que sufrir. Es mi vida. Será la tuya.

Jonás pensó en eso, en lo que sería para él.

—Junto con pasear y comer y... —recorrió con la mirada las paredes de libros—. ¿Y leer? ¿Es eso?

El Dador meneó la cabeza.

—Eso son únicamente las cosas que hago. Mi vida está aquí.

—¿En esta habitación?

El Dador meneó la cabeza. Se llevó las manos a la cara, al pecho.

—No. Aquí, en mi ser. Donde están los recuerdos.

—Mis Instructores de Ciencia y Tecnología nos han enseñado cómo funciona el cerebro —le contó Jonás con entusiasmo—. Está lleno de impulsos eléctricos. Es como un ordenador. Si estimulas una parte del cerebro con un electrodo...

Pero enmudeció al ver una expresión extraña en la cara del Dador.

—No saben nada —dijo el Dador amargamente.

Jonás se quedó escandalizado. Desde el primer día en la habitación del Anexo se habían saltado juntos las Normas de Cortesía y ya eso lo llevaba bien Jonás. Pero esto era otra cosa, esto era mucho más que grosero. Esto era una acusación terrible. ¿Y si alguien le hubiera oído?

Echó una ojeada rápida al altavoz de la pared, aterrado de que el Comité pudiera estar escuchando, como podía hacerlo en cualquier momento. Pero, como siempre durante sus sesiones en común, el interruptor estaba en CERRADO.

—¿Nada? —susurró nervioso—. Pero mis Instructores…

El Dador sacudió la mano como si apartara algo de sí.

—Ah, tus Instructores están bien formados. Conocen los datos científicos. Todo el mundo está bien formado para su trabajo.

"Lo que pasa es que… sin los recuerdos nada significa nada. Esa carga me la dieron a mí. Y al Receptor anterior. Y al que precedió a ése.

—Y así desde hace muchísimo, muchísimo tiempo —dijo Jonás, sabiendo la frase que llegaba siempre.

El Dador sonrió, aunque con una sonrisa extrañamente severa.

—Exactamente. Y el siguiente serás tú. Un gran honor.

—Sí, señor. Me lo dijeron en la Ceremonia. El mayor honor de todos.

Algunas tardes el Dador le despedía sin formación. Jonás sabía, cuando al llegar encontraba al Dador encorvado, meciéndose ligeramente adelante y atrás, con el rostro pálido, que ese día le despacharía.

—Vete —le decía tenso—. Hoy estoy dolorido. Vuelve mañana.

Esos días, preocupado y decepcionado, Jonás se paseaba solo a la vera del río. Los caminos estaban vacíos de gente, salvo los pocos Equipos de Distribución y algún que otro Obrero de Paisajismo. Los niños pequeños estaban todos en el Centro Infantil después de la escuela, y los niños mayores ocupados en sus horas de voluntariado o en su formación.

A solas probaba la memoria que iba adquiriendo. Contemplaba el paisaje en busca de atisbos del verde que sabía que existía en los arbustos; cuando le llegaban destellos a la conciencia, enfocaba sobre él sujetándolo, oscureciéndolo, reteniéndolo en su visión lo más posible, hasta que le dolía la cabeza y lo dejaba desvanecerse.

Miraba fijamente al cielo plano, incoloro, sacándole azul, y recordaba el calor del sol hasta que al fin, por un instante, le caldeaba.

Se paraba al pie del puente que cruzaba el río, el puente que sólo se permitía atravesar a los ciudadanos en misión oficial. Jonás lo había atravesado en excursiones de la escuela para visitar las comunidades exteriores, y sabía que el país que había al otro lado del puente era más o menos igual, llano y bien ordenado, con campos para la agricultura. Las otras comunidades que había visto de visita eran esencialmente como la suya, sin otras diferencias que un estilo ligeramente modificado en las casas, un horario ligeramente distinto en las escuelas.

Se preguntaba qué habría en la lejanía, donde no había ido nunca. La tierra no acababa más allá de aquellas comunidades cercanas. ¿Habría montes Afuera? ¿Habría zonas vastas y azotadas por el viento como aquel lugar que había visto en el recuerdo, aquel lugar donde murió el elefante?

—Dador —preguntó una tarde, al día siguiente de haber sido despachado de vacío—, ¿qué es lo que le causa dolor?

Al ver que el Dador callaba, continuó.

—La Presidenta de los Ancianos me dijo, al principio, que la recepción de la memoria causa un dolor terrible. Y usted me ha descrito que el fracaso del último nuevo Receptor transmitió recuerdos dolorosos a la Comunidad. Pero yo no he sufrido, Dador. La verdad es que no —Jonás sonrió—. Bueno, recuerdo la quemadura que me dio el primer día. Pero aquello no fue tan terrible. ¿Qué es lo que a usted le hace sufrir tanto? Si me diera una parte de eso, quizá su dolor sería menos.

El Dador asintió.

—Túmbate —dijo—. Es hora, realmente. No puedo seguir escudándote siempre. Antes o después tendrás que recibirlo todo. Déjame que piense —añadió cuando Jonás ya estaba en la cama, esperando, un poco temeroso.

"Muy bien —dijo al cabo de un momento—, ya lo tengo. Empezaremos por algo conocido. Vamos a irnos otra vez a un monte y un trineo.

Y puso las manos en la espalda de Jonás.

CAPÍTULO CATORCE

Era más o menos lo mismo, este recuerdo, aunque el monte parecía ser otro, más empinado, y la nieve no caía tan espesa como la otra vez.

Jonás percibió también que hacía más frío. Vio, mientras esperaba sentado en lo alto de la pendiente, que la nieve que había bajo el trineo no era tan espesa y blanda como la otra vez, sino dura, y con una capa de hielo azulado.

El trineo empezó a moverse, y Jonás sonrió de regocijo, imaginándose la emoción de bajar cortando el aire vigorizante.

Pero esta vez los patines no pudieron hincarse en el suelo helado como antes, en el otro monte alfombrado de nieve blanda; resbalaron de costado y el trineo tomó velocidad. Jonás tiró de la cuerda tratando de dirigirlo, pero la pendiente y la velocidad pudieron más que él y ya no se sintió gozando de la sensación de libertad, sino aterrorizado, a merced de la furiosa aceleración que lo arrastraba por el hielo.

El trineo derrapó y chocó con una elevación del terreno y Jonás salió violentamente despedido por el aire. Cayó sobre una pierna retorcida y oyó crujir el hueso. Aristas de hielo afiladas le rasparon la cara y cuando por fin se detuvo, se quedó inmóvil y conmocionado al principio, sin sentir otra cosa que miedo.

Luego vino la primera oleada de dolor, que le dejó sin respiración. Era como si tuviera alojada en la pierna un hacha que cortase todos sus nervios con una hoja caliente. En medio de aquel suplicio percibió la palabra "fuego" y sintió como si unas llamas le abrasaran el hueso y la carne rotos. Quiso moverse y no pudo. El dolor arreció.

Gritó y no contestó nadie.

Sollozando, ladeó la cabeza y vomitó en la nieve helada. De la cara le goteó sangre sobre el vómito.

—¡Nooooo! —gritó, y el sonido desapareció en el paisaje vacío, en el viento.

Y de pronto estaba otra vez en la habitación del Anexo, retorciéndose en la cama, con la cara bañada de lágrimas.

Capaz ya de moverse, se meció adelante y atrás, respirando hondo para soltar el dolor recordado.

Se sentó y se miró la pierna, que estaba extendida sobre la cama, ilesa. La tajada de dolor brutal había desaparecido. Pero la pierna seguía doliendo horriblemente, y sentía la cara desollada.

—¿Puedo tomar un analgésico, por favor? —suplicó.

Siempre, en su vida cotidiana, había un analgésico para las magulladuras y las heridas, para un dedo machucado, un dolor de estómago, una rodilla desollada por caerse de la bici. Había siempre una dosis de pomada anestésica o una pastilla; o, en los casos fuertes, una inyección que producía alivio instantáneo y total.

Pero el Dador dijo que no y miró para otro lado.

Aquella noche Jonás volvió a casa empujando la bici, cojo. El dolor de la quemadura había sido pequeñísimo en comparación y no le había durado. Pero este dolor no acababa de pasarse.

Tampoco era insoportable, como había sido en el monte. Jonás trató de ser valiente. Recordó que la Presidenta había dicho que era valiente.

—¿Te ocurre algo, Jonás? —preguntó su padre en la cena—. Estás muy callado esta noche. ¿No te encuentras bien? ¿Quieres alguna medicación?

Pero Jonás se acordó de las Normas. Nada de medicinas para lo relacionado con su formación.

Y nada de hablar de su formación. A la hora de compartir los sentimientos se limitó a decir que estaba cansado, que las clases de la escuela habían sido muy agotadoras aquel día.

Se retiró a su dormitorio pronto y a través de la puerta cerrada oyó las risas de sus padres y su hermana mientras bañaban a Gabriel.

"Ellos jamás han conocido el dolor", pensó. Al darse cuenta se sintió desesperadamente solo y se frotó la pierna dolorida. Por fin se quedó dormido. Y una y otra vez soñó con la angustia y la desolación del monte deshabitado.

La formación diaria siguió adelante, y ahora siempre incluía dolor. El suplicio de la pierna rota empezó a parecer un mero malestar a medida que el Dador, firmemente, poquito a poco, introducía a Jonás en el sufrimiento profundo y terrible del pasado. Cada vez, de pura bondad, el Dador remataba la tarde con un recuerdo de placer lleno de color: una travesía a toda vela por un lago verdiazul; una pradera moteada de flores silvestres amarillas; una puesta de sol anaranjada detrás de montañas.

No era suficiente para suavizar el dolor que Jonás estaba empezando a conocer.

—¿Por qué? —preguntó al Dador después de recibir un recuerdo torturante en el que se había visto abandonado y sin nada que comer, y el hambre le había producido calambres atroces en el estómago vacío y dilatado.

Yacía sobre la cama, dolorido.

—¿Por qué tenemos que guardar estos recuerdos usted y yo?

—Porque eso nos da sabiduría —respondió el Dador—. Sin sabiduría yo no podría desempeñar mi función de aconsejar al Comité de Ancianos cada vez que me llaman.

—¿Pero qué sabiduría se saca del hambre? —gimió Jonás.

El estómago le seguía doliendo, aunque el recuerdo había acabado.

—Hace años —dijo el Dador—, antes de que tú nacieras, muchos ciudadanos presentaron una petición ante el Comité de Ancianos: querían que se aumentara la tasa de nacimientos. Querían que a cada Paridora se le asignaran cuatro partos en vez de tres, de modo que así creciera la población y hubiera más Obreros.

Jonás asintió, escuchando.

—Tiene sentido —dijo.

—La idea era que ciertas Unidades Familiares podrían acoger un hijo más.

Jonás volvió a asentir.

—La mía podría —señaló—. Este año tenemos a Gabriel y es divertido tener un tercer hijo.

—El Comité de Ancianos requirió mi consejo —dijo el Dador—. Para ellos también tenía sentido, pero era una idea nueva y acudieron a mí en busca de sabiduría.

—¿Y usted utilizó sus recuerdos?

El Dador dijo que sí.

—Y el recuerdo más fuerte que se presentó fue el hambre. Venía de muchas generaciones atrás. De siglos atrás. La población había crecido tanto que había hambre en todas partes. Un hambre atroz, que mataba. Y detrás de ella llegó la guerra.

¿Guerra? Ese concepto no lo conocía Jonás. Pero el hambre sí sabía ahora lo que era. Inconscientemente se frotó el vientre, recordando el dolor de sus necesidades insatisfechas.

—¿Y entonces usted les describió eso?

—Del dolor no quieren ni oír hablar; lo único que buscan es el consejo. Yo me limité a aconsejarles que no se aumentara la población.

—Pero ha dicho que eso fue antes de nacer yo. Muy pocas veces le piden consejo. Sólo cuando…, ¿cómo dijo usted? Cuando tienen un problema que no se han encontrado hasta entonces. ¿Cuándo fue la última vez que pasó eso?

—¿Te acuerdas del día en que voló un avión sobre la Comunidad?

—Sí. Yo me asusté.

—Y ellos también. Lo prepararon todo para derribarlo. Pero me pidieron consejo y yo les dije que esperasen.

—¿Y usted cómo lo sabía? ¿Cómo sabía que era que el piloto se había equivocado?

—No lo sabía. Usé mi sabiduría, procedente de los recuerdos. Yo sabía que en el pasado había habido momentos, momentos terribles, en que unas personas habían destruido a otras por precipitación, por miedo, y con ello habían acarreado su propia destrucción.

Jonás cayó en la cuenta de una cosa.

—Eso significa —dijo lentamente— que usted tiene recuerdos de destrucción. Y me los tiene que dar a mí también, porque yo tengo que adquirir la sabiduría.

El Dador asintió.

—Pero dolerá —dijo Jonás.

No era una pregunta.

—Dolerá terriblemente —confirmó el Dador.

—¿Y por qué no puede tener los recuerdos todo el mundo? Yo creo que parecería un poco más fácil si los recuerdos se compartieran. Usted y yo no tendríamos que cargar con tanto solos, si los demás tomaran cada uno su parte.

El Dador suspiró.

—Tienes razón —dijo—. Pero entonces todo el mundo estaría cargado y dolorido. Y eso no lo quieren. Y ésa es la verdadera razón de que el Receptor sea tan imprescindible para ellos y le tributen tanto honor. Me seleccionaron a mí, y a ti, para quitarse ellos esa carga de encima.

—¿Cuándo decidieron eso? —preguntó Jonás, iracundo—. No es justo. ¡Vamos a cambiarlo!

—¿Y cómo te parece a ti que lo podríamos cambiar? A mí jamás se me ha ocurrido la manera y se supone que soy quien tiene toda la sabiduría.

—¡Pero ahora somos dos! —dijo Jonás con entusiasmo—. ¡Juntos podemos inventar algo!

El Dador le contemplaba con una sonrisa irónica.

—¿Por qué no pedir sencillamente que se cambien las Normas? —sugirió Jonás.

El Dador se echó a reír; y entonces también Jonás rió entre dientes, a su pesar.

—La decisión fue tomada mucho antes de que tú y yo existiéramos —dijo el Dador—, y antes de que existiera el Receptor anterior y... —calló, esperando.

—Hace muchísimo, muchísimo tiempo.

Jonás repitió la consabida frase. Unas veces le había parecido cómica, otras le había parecido significativa e importante.

Esta vez le pareció siniestra. Quería decir, comprendió, que nada se podía cambiar.

El Nacido, Gabriel, estaba creciendo y pasaba con éxito las pruebas de madurez que hacían los Criadores todos los meses; ya se tenía sentado, sabía coger él solo y sujetar pequeños objetos de jugar y tenía seis dientes. Durante el día, según decía Papá, estaba alegre y aparentaba una inteligencia normal. Pero de noche seguía estando intranquilo, lloriqueaba a menudo y necesitaba atención frecuente.

—Al cabo de todo este tiempo de más que llevo con él —dijo Papá una noche, cuando Gabriel estaba ya bañado y por el momento descansaba plácidamente en la cunita que había sustituido al capacho, abrazado a su hipopótamo—, espero que no decidan liberarle.

—Tal vez fuera lo mejor —sugirió Mamá—. Ya sé que a ti no te importa levantarte con él por las noches. Pero a mí la falta de sueño me sienta muy mal.

—Si liberan a Gabriel, ¿podremos tener otro Nacido de visitante? —preguntó Lily.

Estaba arrodillada al lado de la cuna, haciéndole visajes al pequeño, que respondía con sonrisas.

La madre de Jonás giró los ojos con gesto de consternación.

—No —dijo Papá sonriente, y le revolvió el pelo a Lily—. Es muy raro, de todos modos, que la calificación de un Nacido sea tan incierta como en el caso de Gabriel. Lo más probable es que no vuelva a suceder en mucho tiempo.

"En cualquier caso —suspiró—, aún tardarán en tomar la decisión. Ahora mismo estamos todos preparándonos para una liberación que seguramente tendremos que hacer muy pronto. Hay una Paridora que espera dos chicos gemelos para el mes que viene.

—Qué mala suerte —dijo Mamá, meneando la cabeza—. Si son idénticos, espero que no te toque a ti…

—Me toca. Estoy el siguiente en la lista. Me tocará a mí escoger cuál criamos y cuál liberamos. Claro que normalmente no es difícil. Normalmente es sólo cuestión de peso al nacer. Liberamos al más pequeño de los dos.

Jonás, que estaba escuchando, pensó de pronto en el puente, y cómo estando allí se había preguntado qué habría Afuera. ¿Habría allí alguien esperando para recibir al pequeño gemelo liberado? ¿Crecería Afuera, sin saber nunca que en esta Comunidad vivía un ser que a la vista era exactamente igual que él?

Por un instante sintió una pequeña esperanza ilusionada, a sabiendas de que era una tontería. Sintió la esperanza de que Larissa estuviera aguardándole. Larissa, la vieja a la que él había bañado. Recordaba sus ojos chispeantes, su voz cálida, su manera suave de reír. Fiona le había dicho recientemente que Larissa había sido liberada en una Ceremonia maravillosa.

Pero él sabía que a los Viejos no se les daban niños para criar. La vida de Larissa Afuera sería tranquila y serena, como convenía a los Viejos; no le haría gracia la responsabilidad de criar a un Nacido al que había que alimentar y atender, y que seguramente lloraría por las noches.

—¡Mamá! ¡Papá! —dijo con una idea que le había venido de repente—, ¿por qué no ponemos esta noche la cuna de Gabriel en mi habitación? Yo sé alimentarle y calmarle, y así Papá y tú podríais dormir.

Papá puso un gesto de duda.

—Tú tienes el sueño muy pesado, Jonás. ¿Y si se desvela y tú no te despiertas?

Fue Lily quien dio respuesta a eso.

—Si nadie le hace caso —señaló—, Gabriel grita una barbaridad. Nos despertaría a todos si Jonás no se enterase.

Papá se echó a reír.

—Tienes razón, Lili–laila. Está bien, Jonás, vamos a hacer la prueba sólo por esta noche. Yo descanso y así también dejamos dormir a Mamá.

Gabriel durmió bien durante la primera parte de la noche. Jonás, en su cama, estuvo despierto un rato; de vez en cuando se empinaba sobre un codo para mirar a la cuna. El Nacido estaba boca abajo, con los brazos relajados a los lados de la cabeza, los ojos cerrados y la respiración acompasada y tranquila. También Jonás acabó durmiéndose.

Pero ya a eso de la media noche le despertaron los ruidos que hacía Gabi. El Nacido estaba inquieto, dando vueltas debajo de la colcha; agitaba los brazos y empezaba a lloriquear.

Jonás se levantó, se acercó y le dio unas palmaditas suaves en la espalda; a veces no hacía falta más para que volviera a coger el sueño. Pero Gabriel siguió retorciéndose muy nervioso bajo su mano.

Sin dejar de darle palmaditas rítmicamente, Jonás empezó a acordarse del maravilloso paseo en barco que le había pasado el Dador pocos días antes: un día luminoso de brisa en un lago claro de color turquesa, y sobre él la vela blanca de la barca, hinchada por el fresco viento que la impulsaba.

No era consciente de estar transmitiendo el recuerdo; pero de pronto se dio cuenta de que se le estaba debilitando, que estaba deslizándose por su mano al ser del Nacido. Gabriel se calmó. Alarmado, Jonás recogió lo que quedaba del recuerdo con un esfuerzo de voluntad. Retiró la mano de la espalda diminuta y se quedó inmóvil al lado de la cuna.

Volvió a evocar para sí el recuerdo de la travesía. Seguía estando allí, pero el cielo era menos azul, el suave movimiento de la barca era más lento, el agua del lago era más turbia y oscura. Lo retuvo un rato, apaciguando su propio nerviosismo por lo que había ocurrido; después lo dejó ir y se volvió a la cama.

Al amanecer el Nacido se despertó otra vez llorando. De nuevo Jonás acudió a su lado. Esta vez puso la mano con toda deliberación y firmeza sobre la espalda de Gabriel, y soltó el resto del día sedante en el lago. De nuevo Gabriel se durmió.

Pero entonces el que se desveló fue Jonás, pensando. Ya no le quedaba más que una sombra del recuerdo y sentía una pequeña carencia en su lugar. Sabía que podía pedirle otra travesía al Dador. Una travesía quizá por mar, la próxima vez, porque ahora Jonás tenía un recuerdo del mar y sabía lo que era; sabía que allí también había barcas de vela, en recuerdos que todavía tenía que adquirir.

Pero se preguntó si debería confesarle al Dador que había dado un recuerdo. Aún no estaba preparado para ser Dador él; ni tampoco Gabriel había sido seleccionado para ser Receptor.

Le asustaba tener aquel poder. Decidió no contarlo.

Capítulo Quince

Al entrar en la habitación del Anexo vio inmediatamente que era día de irse de vacío. El Dador estaba rígido en su sillón, con el rostro oculto entre las manos.

—Volveré mañana, señor —se apresuró a decir, pero tuvo una duda—. A menos que pueda hacer algo por usted.

El Dador alzó la vista hacia él, con la cara contraída por el sufrimiento.

—Por favor —jadeó—, quítame algo de este dolor.

Jonás le ayudó a trasladarse a la silla contigua a la cama. Después se quitó rápidamente la túnica y se tumbó boca abajo.

—Póngame las manos —dijo, porque estando el Dador en aquella angustia quizá hubiera que recordárselo.

Llegaron las manos y con ellas y a través de ellas llegó el dolor. Jonás hizo acopio de ánimo y entró en el recuerdo que estaba torturando al Dador.

Estaba en un lugar confuso, ruidoso y maloliente. Era de día, primera hora de la mañana, y un humo espeso llenaba el aire, un humo amarillo y pardo, pegado al suelo. A su alrededor, por todas partes hasta donde alcanzaba la vista de aquello que parecía ser un campo, yacían hombres lamentándose. Un caballo de mirada extraviada, con la brida rota colgando, trotaba frenético entre los amasijos de hombres, sacudiendo violentamente la cabeza, relinchando despavorido. Por fin tropezó y se cayó, y no se volvió a levantar.

Jonás oyó una voz a su lado.

—Agua —decía la voz con un gemido ronco.

Volvió la cabeza y vio los ojos entornados de un muchacho que no parecía mucho mayor que él. Churretes de barro le surcaban la cara y el pelo rubio, enmarañado. Estaba tendido de bruces y en su uniforme gris relucía sangre húmeda, fresca.

Los colores de la matanza eran grotescamente vivos: la humedad roja sobre el tejido basto y polvoriento, las hojas de hierba arrancadas, de un verde sorprendente, en el pelo amarillo del muchacho.

El chico le miró fijamente.

—Agua —volvió a suplicar.

Al decirlo, un nuevo chorro de sangre le empapó la áspera tela sobre el pecho y la manga.

Jonás tenía un brazo paralizado por el dolor, y a través de un roto de la manga vio algo que parecía carne desgarrada y astillas de hueso. Probó el otro brazo y sintió que se movía. Poco a poco se lo llevó al costado, palpó allí una vasija de metal y desenroscó el tapón, deteniendo de tanto en tanto el pequeño movimiento de la mano para esperar a que cediera la acometida de dolor. Por fin, cuando tuvo abierta la vasija, extendió despacio el brazo sobre la tierra empapada de sangre, centímetro a centímetro, y la acercó a los labios del chico. Un hilo de agua le corrió por la boca implorante y la barbilla sucia.

El muchacho dio un suspiro. Dejó caer la cabeza, con la boca abierta como si algo le hubiera sorprendido. Un velo opaco se extendió lentamente por sus ojos. Enmudeció.

Pero el ruido continuaba por todos lados: los gritos de los hombres heridos, los gritos que pedían agua, Madre, muerte. Los caballos postrados en tierra relinchaban, alzaban la cabeza y pataleaban enloquecidos hacia el cielo.

Lejos, Jonás oía tronar de cañones. Aplastado por el dolor permaneció horas allí tendido, en aquel hedor espantoso, y oyó morir a los hombres y a los animales, y aprendió lo que era la guerra.

Por fin, cuando supo que ya no podía soportarlo más y que él también preferiría morir, abrió los ojos y se halló nuevamente sobre la cama.

El Dador miraba hacia otro lado, como si no tuviera valor para ver lo que había hecho con él.

—Perdóname —dijo.

Capítulo Dieciséis

Jonás no quería volver. No quería los recuerdos, no quería el honor, no quería la sabiduría, no quería el dolor. Quería otra vez su infancia, sus rodillas desolladas y sus juegos de pelota. Se sentaba en casa solo, mirando por la ventana, viendo a los niños jugar, a los ciudadanos que regresaban a casa en bici de sus jornadas de trabajo en las que no pasaba nada, vidas corrientes, libres de angustia porque él había sido seleccionado, como lo fueran otros antes que él, para llevar la carga por los demás.

Pero la elección no estaba en su mano. Todas las tardes volvía a la habitación del Anexo.

El Dador le trató con dulzura durante muchos días después del terrible recuerdo compartido de la guerra.

—Hay tantos recuerdos buenos —le recordó.

Y era verdad.

Ya para entonces Jonás había experimentado incontables fragmentos de felicidad, cosas de cuya existencia no había sabido nada hasta entonces.

Había visto una fiesta de cumpleaños en la que se festejaba a un niño en su día, y entonces entendió el gozo y el orgullo de ser un individuo, una persona única y especial.

Había ido a museos y había visto cuadros llenos de todos los colores que ahora era capaz de reconocer y nombrar.

En un recuerdo extático, había cabalgado sobre un caballo de lustroso pelo castaño, por un campo que olía a hierba mojada, y había desmontado junto a un arroyuelo donde el caballo y él bebieron un agua fría y transparente. Ahora entendía a los animales; y en el momento en que el caballo se apartó del arroyo y le dio una cabezada cariñosa en el hombro, percibió los lazos que unen lo animal y lo humano.

Había caminado por bosques y había acampado de noche, sentado junto a una hoguera. A través de los recuerdos había conocido el dolor de la pérdida y de la soledad, pero entonces aprendió también la dicha que puede haber en estar solo.

—¿Cuál es el que a usted más le gusta? —preguntó al Dador—. No es necesario que me lo dé todavía —se apresuró a añadir—. Sólo se lo pregunto porque me hará ilusión esperarlo: antes o después lo tendré que recibir.

El Dador sonrió.

—Túmbate —dijo—. Te lo doy encantado.

Jonás sintió la alegría desde el primer instante. A veces le costaba un rato orientarse, saber a qué estaba. Pero esa vez entró directamente en la felicidad que impregnaba el recuerdo.

Estaba en una habitación llena de gente, caldeada por un fuego encendido que iluminaba una chimenea. Por una ventana vio que en el exterior era de noche y nevaba. Había luces de colores: rojas, verdes y amarillas, parpadeando en un árbol que estaba, extrañamente, dentro de la habitación. Sobre una mesa, un candelabro dorado y bruñido sostenía unas velas encendidas que daban una luz suave y vacilante. Olía a guiso y se oía reír en voz baja. En el suelo yacía dormido un perro de pelo rubio.

También en el suelo había paquetes envueltos en papeles de colores alegres y atados con cintas brillantes. Según estaba mirando Jonás, un niño pequeño empezó a cogerlos y repartirlos por la habitación: se los daba a otros niños, a adultos que evidentemente eran padres, y a una pareja de un hombre y una mujer más viejos, que estaban callados y sonrientes, sentados los dos en un sofá.

Mientras Jonás miraba, empezaron uno por uno a desatar las cintas de los paquetes, a desenvolverlos de sus papeles alegres y abrir las cajas, y a sacar de ellas juguetes y ropa y libros. Exclamaban de alegría y se abrazaban.

El niñito fue a sentarse en el regazo de la mujer anciana y ella le meció y frotó una mejilla contra la suya.

Jonás abrió los ojos y se quedó feliz sobre la cama, gozando todavía de aquel recuerdo cálido y reconfortante. Todo estaba allí, todas las cosas que había aprendido a valorar.

—¿Qué has percibido? —preguntó el Dador.

—Calor —respondió Jonás—, y felicidad. Y... déjeme pensar. Familia. Era una celebración de algo, una fiesta. Y algo más..., pero no se me ocurre la palabra.

—Ya te llegará.

—¿Quiénes eran los Viejos? ¿Por qué estaban allí?

Eso le había extrañado a Jonás, verles en la habitación. Los Viejos de la Comunidad no salían nunca de su lugar particular, de la Casa de los Viejos, donde vivían tan bien atendidos y respetados.

—Se llamaban abuelos.

—¿Qué quiere decir abuelos?

—Quería decir padres de los padres, hace mucho tiempo.

—¿Hace muchísimo, muchísimo tiempo? —y Jonás se echó a reír—. Según eso, ¿podría haber padres de los padres de los padres de los padres?

También el Dador rió.

—Exactamente. Es un poco como mirarte en un espejo a la vez que te miras en otro espejo y te ves en un espejo dentro de otro espejo.

Jonás frunció el ceño.

—¡Claro, mis padres tienen que haber tenido padres! Nunca se me había ocurrido. ¿Quiénes son los padres de mis padres? ¿Dónde están?

—Podrías ir a mirarlo en el Registro Público. Ahí encontrarías los nombres. Pero piensa, hijo mío. Si tú solicitas hijos, ¿quiénes serán entonces los padres de sus padres? ¿Quiénes serán sus abuelos?

—Pues mi madre y mi padre, quiénes van a ser.

—¿Y dónde estarán?

Jonás reflexionó.

—Ah —dijo despacio—. Cuando yo acabe mi formación y sea adulto del todo, me darán una casa para mí. Y cuando le pase lo mismo a Lily, unos años más tarde, le darán una casa para ella, y quizá cónyuge, y le darán hijos si los solicita, y entonces Mamá y Papá…

—Eso es.

—Mientras sigan trabajando y contribuyendo a la Comunidad, se irán a vivir con los demás Adultos sin Hijos. Y ya no formarán parte de mi vida.

"Y después de eso, cuando llegue el momento, se irán a la Casa de los Viejos —prosiguió, pensando en voz alta—. Y serán bien atendidos, y respetados, y cuando les liberen habrá una celebración.

—A la cual tú no asistirás —señaló el Dador.

—No, claro que no, porque ni siquiera me enteraré. Para entonces yo estaré muy ocupado con mi vida. Y Lily igual. Así que nuestros hijos, si los tenemos, tampoco sabrán quiénes son los padres de sus padres.

"Parece que la cosa funciona muy bien, ¿no? Como se hace en nuestra Comunidad —dijo Jonás—. Es que yo ni había pensado que pudiera haber otra manera, hasta que recibí ese recuerdo.

—Funciona —reconoció el Dador.

Jonás titubeó.

—Pero sí que me ha gustado ese recuerdo. Comprendo que sea su favorito. No he captado el nombre de la sensación entera, esa sensación que era tan fuerte en la habitación.

—Amor —dijo el Dador.

Jonás la repitió.

—Amor.

Eran una palabra y un concepto nuevos para él.

Los dos permanecieron unos momentos en silencio. Luego Jonás dijo:

—¡Dador!

—¿Qué?

—Es una tontería lo que le voy a decir, una tontería tremenda.

—No te preocupes, aquí no hay tonterías. Fíate de los recuerdos y de lo que te sugieran.

—Bien, pues —dijo Jonás mirando al suelo—, ya sé que usted ya no tiene ese recuerdo porque me lo dio, así que quizá no entienda esto…

—Lo entenderé, porque me queda un vago resto de ése y tengo muchos otros recuerdos de familias, y de fiestas, y de felicidad. Y de amor.

Jonás soltó de un tirón lo que sentía.

—Estaba pensando que, bueno, veo que no ha sido una manera muy práctica de vivir, con los Viejos ahí en el mismo sitio, donde quizá no estarían bien atendidos, como lo están ahora, y que nosotros tenemos una manera de hacer las cosas mejor resuelta. Pero en cualquier caso, estaba pensando, mejor dicho sintiendo, en realidad, pues que era así como agradable. Y que me gustaría que nosotros pudiéramos ser así, y que usted pudiera ser mi abuelo. La familia del recuerdo parecía un poco más…

Y al llegar ahí vaciló, sin poder hallar la palabra que buscaba.

—Un poco más completa —sugirió el Dador.

Jonás asintió.

—Me ha gustado la sensación del amor —confesó.

Y echó una ojeada nerviosa al altavoz de la pared, cerciorándose de que nadie estaba escuchando.

—Me gustaría que siguiéramos teniendo eso —susurró—. Por supuesto —se apresuró a añadir—, entiendo que no funcionaría muy bien. Y que es mucho mejor estar organizados como lo estamos ahora. Me doy cuenta de que era una manera peligrosa de vivir.

—¿Qué quieres decir?

Jonás titubeó. En realidad no estaba seguro de qué había querido decir. Sentía que en aquello había algún riesgo, pero no veía claro de qué.

—Bueno —dijo por fin, tanteando una explicación—, tenían fuego allí dentro de la habitación. Había un fuego ardiendo en la chimenea. Y había velas encima de una mesa. Yo veo muy lógico que todo eso esté prohibido.

"Aun así —dijo despacio, casi como si hablara consigo mismo—, me gustó la luz que daban. Y el calor.

—Papá, Mamá —dijo tímidamente después de la cena—. Tengo que haceros una pregunta.

—¿De qué se trata, Jonás? —preguntó su padre.

Tuvo que hacer un gran esfuerzo para pronunciar las palabras y se puso colorado de vergüenza. Había venido todo el camino desde el Anexo ensayándolas mentalmente.

—¿Vosotros sentís amor por mí?

Hubo un momento de silencio violento. Después Papá soltó una risilla.

—¡Jonás! ¡Que tú salgas con eso! ¡Precisión de lenguaje, por favor!

—¿Qué quieres decir? —preguntó Jonás.

Hacer reír no era ni mucho menos lo que había previsto.

—Tu padre quiere decir que has usado una palabra muy generalizada, tan vacía de contenido que ya casi no se usa —explicó cuidadosamente su madre.

Jonás les miró sin pestañear. ¿Vacía de contenido? Jamás en su vida había sentido nada tan lleno de contenido como aquel recuerdo.

—Y ni que decir tiene que nuestra Comunidad no puede funcionar como es debido si no hablamos con precisión. Podrías preguntar: "¿Estáis a gusto conmigo?". La respuesta es: "Sí" —dijo su madre.

—O —sugirió su padre—: "¿Estáis orgullosos de lo que hago?". Y la respuesta es un "Sí" sin reservas.

—¿Comprendes por qué es insatisfactorio emplear una palabra como "amor"? —preguntó Mamá.

Jonás asintió.

—Sí, gracias, lo comprendo —respondió lentamente.

Era la primera vez que mentía a sus padres.

—¡Gabriel! —susurró aquella noche al Nacido.

La cuna estaba de nuevo en su habitación. Después de ver que Gabi dormía bien en la habitación de Jonás durante cuatro noches seguidas, sus padres habían declarado que el experimento era un éxito y Jonás un verdadero héroe. Gabriel estaba creciendo deprisa y ya gateaba riendo por toda la habitación y se ponía de pie. Podían subirle de nivel en el Centro de Crianza, dijo Papá, muy contento, ahora que dormía; podía ser oficialmente nombrado y entregado a su familia en diciembre, para lo cual faltaban solamente dos meses.

Pero cuando se lo llevaron dejó de dormir otra vez y gritaba por las noches.

Así que volvió al dormitorio de Jonás. Decidieron darle un poquito más de plazo. Como Gabi parecía estar a gusto en la habitación de Jonás, aún seguiría durmiendo allí por las noches, hasta que tuviera bien formado el hábito de dormir correctamente. Los Criadores eran muy optimistas acerca del futuro de Gabriel.

No hubo respuesta al susurro de Jonás. Gabriel dormía profundamente.

—Las cosas podrían cambiar, Gabi —siguió diciendo Jonás—. Podrían ser diferentes. Yo no sé cómo, pero tiene que haber algún modo de que las cosas sean diferentes. Podría haber colores. Y abuelos —añadió, fijando la mirada, a través de la penumbra, en el techo del dormitorio—. Y todo el mundo tendría recuerdos. Recuerdos, ya sabes —susurró, volviéndose hacia la cuna.

La respiración de Gabriel era honda y acompasada. A Jonás le gustaba tenerle allí, aunque el secreto le hacía sentirse culpable. Todas las noches le pasaba recuerdos a Gabriel: recuerdos de paseos en barca y salidas al campo bajo el sol; recuerdos de lluvia suave cayendo en los cristales; recuerdos de bailar descalzo sobre un césped mojado.

—¡Gabi!

El Nacido se movió ligeramente sin despertarse. Jonás tendió hacia él la mirada.

—¡Podría haber amor! —susurró.

A la mañana siguiente, por primera vez, Jonás no se tomó la pastilla. Algo que había en su interior, algo que había crecido allí a través de los recuerdos, le dijo que la tirase.

Capítulo Diecisiete

EL DÍA DE HOY SE DECLARA VACACIÓN NO PRO-GRAMADA." Jonás, sus padres y Lily, todos volvieron la cabeza sorprendidos hacia el altavoz, de donde había salido la Comunicación. Aquello sucedía muy rara vez, y cuando sucedía era un regalo para toda la Comunidad. Los adultos quedaban eximidos del trabajo del día, los niños de la escuela y la formación y las horas de voluntariado. Los Obreros sustitutos, que recibirían otro día de vacación a cambio, se hacían cargo de todas las tareas imprescindibles: crianza, distribución de alimentos y atención a los Viejos, y la Comunidad era libre.

Jonás dio un grito de alegría y soltó la carpeta de los deberes. Estaba a punto de salir para la escuela. Ahora la escuela tenía menos importancia para él y no habría de transcurrir mucho tiempo para que acabase su educación escolar. Pero para los Doces, aunque hubieran iniciado ya su formación de adultos, quedaba todavía memorizar las listas de Normas interminables y aprender a manejar la última tecnología.

Les deseó un buen día a sus padres, a su hermana y a Gabi, y se alejó pedaleando por el camino de bicis en busca de Asher.

Llevaba ya cuatro semanas sin tomar las pastillas. Le habían vuelto los Ardores y se sentía un poco culpable y avergonzado por los sueños placenteros que tenía por las noches. Pero sabía que no podía volver al mundo de no sentir nada en el que había vivido tanto tiempo.

Y su nueva sensibilidad exaltada llenaba un ámbito mayor que el de los meros sueños. Aunque sabía que parte de eso era debido a no tomar las pastillas, pensaba que la sensibilidad procedía también de los recuerdos. Ahora veía todos los colores, y además era capaz de retenerlos, de manera que los árboles y la hierba y los arbustos no dejaban de ser verdes mientras los miraba. Las mejillas sonrosadas de Gabriel seguían siendo sonrosadas incluso cuando dormía. Y las manzanas eran siempre, siempre, rojas.

Ahora, gracias a los recuerdos, había visto mares y lagos de montaña, y arroyos que murmuraban en los bosques; y ahora veía de otro modo el ancho río de siempre, que corría junto al camino. Veía toda la luz y el color y la historia que contenía y arrastraba en sus aguas lentas; y sabía que había un Afuera de donde procedía y un Afuera adonde iba.

En esta vacación casual e inesperada se sentía feliz, como siempre en vacaciones; pero con una felicidad más profunda que nunca. Pensando, como siempre, en la precisión del lenguaje, Jonás se dio cuenta de que lo que estaba experimentando era una hondura de los sentimientos distinta. Había algo que los diferenciaba de los sentimientos que cada noche, en cada casa, cada ciudadano analizaba con parloteo interminable.

—Me puse iracunda porque alguien había quebrantado las Normas del Área de Juegos —había dicho Lily una vez, cerrando el puño de su manita para indicar su ira.

Su familia, Jonás entre ellos, había comentado los posibles motivos de la transgresión y la necesidad de ser comprensivo y paciente, hasta que el puño de Lily se relajó y se le pasó la ira.

Pero ahora Jonás se daba cuenta de que no era ira lo que Lily había sentido. Impaciencia y enfado vulgares. Él lo sabía con certeza porque ahora conocía la ira. Ahora había experimentado, en los recuerdos, la injusticia y la crueldad, y había reaccionado con una ira que le brotaba con tal violencia que la idea de comentarla tranquilamente en la cena era impensable.

—Hoy he estado triste —había oído decir a su madre, y ellos la habían consolado.

Pero ahora Jonás había experimentado la tristeza de verdad. Había conocido la pena desgarradora. Sabía que para emociones así no había consuelo fácil.

Éstas eran más profundas y no había necesidad de contarlas. Se sentían.

Hoy sentía felicidad.

—¡Asher!

Descubrió la bici de su amigo apoyada en un árbol, al borde del Área de Juegos. Por allí cerca había otras bicis tiradas por el suelo. En los días de vacación se podían desobedecer las Normas de Orden habituales.

Frenó hasta pararse y dejó caer su bici junto a las demás.

—¡Ash! —gritó, mirando alrededor, pero no se veía a nadie en el Área de Juegos—. ¿Dónde estás?

—¡Fsss…!

Fue una voz infantil la que hizo ese sonido desde detrás de un arbusto cercano.

—¡Pum, pum, pum…!

Una Once llamada Tanya salió tambaleándose de su escondite. Con gesto teatral se agarró el estómago y siguió dando traspiés en zigzag, gimiendo.

—¡Me has dado! —chilló, y se dejó caer al suelo riendo.

—¡Bang…!

Jonás, parado al borde del Área, reconoció la voz de Asher. Y vio que su amigo corría de detrás de un árbol a otro, apuntando como si en la mano llevara un arma imaginaria.

—¡Bang! ¡Cuidado, Jonás! ¡Te tengo en mi línea de fuego!

Jonás retrocedió. Se colocó detrás de la bici de Asher y se arrodilló para no ser visto. Era un juego al que había jugado a menudo con los otros niños, un juego de buenos y malos, un pasatiempo inocente con el que daban salida a toda la energía contenida, y que no terminaba hasta que todos yacían tirados por el suelo en posturas estrafalarias.

Hasta entonces nunca se había dado cuenta de que era jugar a la guerra.

—¡Al ataque!

Ese grito brotó de detrás del pequeño almacén donde se guardaba el material de juegos. Tres niños salieron a la carrera, con sus armas imaginarias en posición de disparo.

Del otro extremo del Área se alzó el grito contrario:

—¡Contraataque!

Y de sus escondites salió una horda de niños, entre los cuales Jonás reconoció a Fiona, que corrían agachados y disparando. Varios se detuvieron y se llevaron las manos a los hombros y al pecho con gestos exagerados, fingiendo haber sido alcanzados; se desplomaron al suelo y se quedaron tendidos, conteniendo la risa.

Jonás sintió una oleada de sentimiento, y sin pensarlo echó a andar por el Área.

—¡Alcanzado, Jonás! —chilló Asher desde detrás del árbol—. ¡Pum, alcanzado otra vez!

Jonás estaba solo en el centro del Área. Varios niños levantaron la cabeza para mirarle, alarmados. Los de los ejércitos atacantes frenaron y se estiraron para ver lo que hacía.

Mentalmente Jonás volvió a ver la cara del muchacho que estaba agonizando en un campo y le había pedido agua. Tuvo de pronto una sensación de ahogo, como si fuera difícil respirar.

Uno de los niños alzó un rifle imaginario y trató de derribarle con un ruido de disparo: "¡Fsssssss!". Tras eso todos se quedaron callados, sin saber qué hacer, y no se oyó más que la respiración entrecortada de Jonás, que hacía esfuerzos para no llorar.

Poco a poco, viendo que no pasaba nada, que no cambiaba nada, los niños se miraron nerviosos unos a otros y se marcharon. Jonás oyó que cogían las bicis y se alejaban pedaleando por el camino que salía del Área.

Sólo Asher y Fiona se quedaron.

—¿Qué pasa, Jonás? Era sólo un juego —dijo Fiona.

—Lo has estropeado —dijo Asher de mal talante.

—No juguéis más a eso —suplicó Jonás.

—Soy yo el que se está formando para Subdirector de Recreación —señaló Asher, enfadado—. Los juegos no son tu área de complacencia.

—Competencia —le corrigió Jonás automáticamente.

—Lo que sea. Tú no puedes decir a qué tenemos que jugar, aunque vayas a ser el nuevo Receptor —y Asher le miró con precaución—. Pido disculpas por no mostrarte el respeto que mereces —farfulló.

—Asher —dijo Jonás.

Intentó hablar con cuidado, y con amabilidad, para decir exactamente lo que quería decir.

—Tú no tenías manera de saberlo. Yo tampoco lo sabía hasta hace poco. Pero es un juego cruel. En el pasado ha habido…

—Te he pedido disculpas, Jonás.

Jonás dio un suspiro. Era inútil; estaba claro que Asher no lo podía entender.

—Te disculpo, Asher —dijo cansinamente.

—¿Quieres dar un paseo en bici por el río, Jonás? —preguntó Fiona, mordiéndose el labio nerviosa.

Jonás la miró: qué guapa era. Por un instante fugaz pensó que no había nada que más le apeteciera que dar un paseo tranquilo por el camino del río, charlando y riendo con su dulce amiga. Pero sabía que esos ratos se los habían quitado para siempre. Negó con la cabeza. Pasados unos momentos sus dos amigos se dieron media vuelta y cogieron sus bicis, y él miró cómo se alejaban.

Arrastró los pies hasta el banco que había junto al almacén y se sentó, abrumado por un sentimiento de pérdida. Su niñez, sus amistades, su sensación de seguridad sin preocupaciones, todo aquello parecía irse sin remedio. Con su nueva sensibilidad exaltada, le aplastaba la tristeza de haber visto que los otros reían y gritaban jugando a la guerra. Pero sabía que ellos no podían entender el porqué, sin los recuerdos. ¡Sentía un amor tan grande hacia Asher y Fiona! Pero ellos no podían sentirlo a su vez, sin los recuerdos. Y él no se los podía pasar. Jonás supo con certeza que no podía cambiar nada.

De regreso en casa, esa noche, Lily parloteó alegremente sobre el maravilloso día que había pasado, jugando con sus amigos, almorzando al aire libre y, según confesó, dándose una vueltecita muy corta en la bicicleta de su padre.

—¡Tengo unas ganas de recibir mi bici el mes que viene! La de Papá es demasiado grande para mí. Me caí —explicó como si tal cosa—. ¡Menos mal que Gabi no iba en el sillín de niño!

—Pues sí, menos mal —convino Mamá, frunciendo el gesto sólo de pensarlo.

Gabriel agitó los brazos al oír su nombre. Se había soltado a andar hacía sólo una semana. Decía Papá que los primeros pasos de un Nacido eran siempre motivo de celebración en el Centro de Crianza, pero también eran el momento en que la palmeta entraba en acción. Ahora Papá se traía a casa ese instrumento todas las noches, por si Gabriel se portaba mal.

Pero Gabriel era un niñito feliz y de buen genio. Ahora se movía por la habitación con pasos vacilantes, riendo. "¡Gay!", trinaba. "¡Gay!" Era así como él decía su nombre.

Jonás se animó. Había sido un día deprimente para él, después de un comienzo tan bueno. Pero dejó a un lado sus ideas negras. Pensó en empezar a enseñarle a Lily a montar, para que pudiera salir pedaleando muy ufana tras la Ceremonia del Nueve, que sería pronto. Costaba trabajo creer que ya volviera a ser casi diciembre, que hubiera transcurrido casi un año desde que Jonás llegó a Doce.

Sonrió viendo cómo el Nacido iba plantando cuidadosamente un piececito delante del otro, muy regocijado con cada paso que conseguía dar.

—Hoy quiero irme a dormir pronto —dijo Papá—. Mañana tengo un día de mucho trabajo. Mañana nacen los gemelos y según los resultados de las pruebas son idénticos.

—Uno para aquí, otro para Afuera —canturreó Lily—. Uno para aquí, otro para Afue…

—¿Te lo llevas tú Afuera, Papá? —interrumpió Jonás.

—No, yo únicamente tengo que hacer la selección. Les peso, le entrego el mayor a un Criador que está al lado, esperando, y luego al más pequeño le pongo todo limpito y confortable. Entonces hago una pequeña Ceremonia de Liberación y… —bajó los ojos, sonriendo hacia Gabriel—. Le digo adióoos… —dijo, con la voz dulce especial que ponía para hablar al Nacido, e hizo el gesto familiar de despedir con la mano.

Gabriel rió y repitió el mismo gesto hacia él.

—¿Y viene otra persona a buscarle? ¿Alguien de Afuera?

—Exactamente, Jonasete.

Jonás puso los ojos en blanco al oír en boca de su padre aquel diminutivo tan bobo.

Lily estaba sumida en profundas reflexiones:

—¿Y si al gemelo pequeño le ponen nombre Afuera, un nombre como, por ejemplo, Jonathan? Y aquí, en nuestra Comunidad, al gemelo que se queda aquí se le impone el nombre Jonathan, y entonces habría dos niños con el mismo nombre y parecerían exactamente el mismo, y un día, a lo mejor cuando fueran Seises, un grupo de Seises iría en autobús a visitar otra Comunidad, y allí en la otra Comunidad, en el otro grupo de Seises, habría un Jonathan que sería exactamente igual que el otro Jonathan, y entonces a lo mejor se equivocaban y se traían a casa al Jonathan que no era, y a lo mejor sus padres no se daban cuenta, y entonces...

Hizo una pausa para respirar.

—Lily —dijo Mamá—, tengo una idea estupenda. ¡A lo mejor cuando tú seas Doce te dan la Misión de Cuentacuentos! Me parece que hace mucho tiempo que no tenemos Cuentacuentos en la Comunidad. Pero si yo estuviera en el Comité, ¡te aseguro que te escogía para ese trabajo!

Lily sonrió de oreja a oreja.

—Yo tengo una idea mejor para otro cuento —anunció—. Y si fuéramos todos gemelos y no lo supiéramos, y entonces Afuera habría otra Lily, y otro Jonás, y otro Papá, y otro Asher, y otra Presidenta de los Ancianos, y otro...

Papá dio un gemido.

—Lily —dijo—: ¡es la hora de irse a la cama!

Capítulo Dieciocho

Dador —preguntó Jonás a la tarde siguiente—, ¿usted piensa alguna vez en la liberación?

—¿Te refieres a mi propia liberación o sólo al tema de la liberación en general?

—A las dos cosas, supongo. Pido discul..., quiero decir, debería haber sido más preciso. Pero no sé exactamente a qué me refería.

—Siéntate. No hay necesidad de que estés tumbado mientras hablamos.

Jonás, que estaba ya tendido en la cama cuando se le ocurrió hacer la pregunta, se sentó.

—Creo que sí pienso en ello de vez en cuando —dijo el Dador—. Pienso en mi propia liberación cuando sufro un dolor espantoso. A veces desearía poder solicitarla. Pero no se me permite mientras no esté formado el nuevo Receptor.

—Yo —dijo Jonás con voz abatida.

No le apetecía que llegara el final de la formación, porque entonces tendría que ser el nuevo Receptor. Veía claro qué vida tan terriblemente difícil y solitaria era, a pesar del honor.

—Yo tampoco puedo solicitar la liberación —señaló—. Lo decía en mis Normas.

El Dador rió secamente.

—Lo sé. Esas Normas las inventaron tras el fracaso de hace diez años.

Jonás había oído ya innumerables alusiones al fracaso anterior. Pero seguía sin saber qué había sucedido diez años antes.

—Dador —dijo—, cuénteme lo que pasó. Por favor.

El Dador se encogió de hombros.

—A primera vista fue muy simple. Se seleccionó a un futuro Receptor, lo mismo que a ti. La selección se llevó a cabo sin problemas. Se hizo la Ceremonia y se anunció la selección. La gente la aclamó, igual que en tu caso. El nuevo Receptor la recibió con perplejidad y un poco de miedo, lo mismo que tú.

—Mis padres me han dicho que era una chica.

El Dador asintió.

Jonás pensó en su chica favorita, Fiona, y se estremeció. Él no querría que su dulce amiga sufriera como él había sufrido al adquirir los recuerdos.

—¿Cómo era? —preguntó al Dador.

El Dador se entristeció al pensarlo.

—Era una muchacha fuera de lo corriente. Muy serena y con un gran dominio de sí. Inteligente, ávida de aprender —sacudió la cabeza y respiró hondo—. Sabes, Jonás, el día que entró en este cuarto, cuando se presentó a mí para comenzar su formación...

Jonás le interrumpió con una pregunta:

—¿Me puede decir cómo se llamaba? Mis padres dijeron que su nombre no se debía volver a pronunciar en la Comunidad. ¿Pero usted no me lo podría decir sólo a mí?

El Dador titubeó dolorosamente, como si ya sólo el pronunciar el nombre pudiera ser muy penoso.

—Se llamaba Rosemary —dijo por fin.

—Rosemary. Me gusta ese nombre.

El Dador continuó:

—Cuando se presentó a mí por primera vez, se sentó ahí en el sillón donde tú te sentaste el primer día. Estaba impaciente y excitada y un poco asustada. Hablamos. Traté de explicarle las cosas lo mejor que pude.

—Lo mismo que a mí.

El Dador rió entre dientes con amargura.

—Las explicaciones son difíciles. ¡Está todo tan alejado de la experiencia! Pero yo lo intenté. Y ella escuchaba atentamente. Recuerdo que tenía una mirada muy luminosa.

De pronto alzó la vista.

—Jonás, yo te pasé un recuerdo que te dije que era mi preferido. Todavía me queda un vestigio de él. La habitación con la familia y los abuelos.

Jonás asintió; claro que se acordaba.

—Sí —dijo—. Que tenía aquella sensación maravillosa. Que usted me dijo que era amor.

—Puedes entender entonces que eso es lo que yo sentía por Rosemary —explicó el Dador—. Amor. Y siento lo mismo por ti, también —añadió.

—¿Qué le sucedió? —preguntó Jonás.

—Empezó la formación. La recibía bien, como tú. Estaba muy entusiasmada; encantada de experimentar cosas nuevas. Me acuerdo de su risa…

Su voz tembló y se apagó.

—¿Qué sucedió? —volvió a preguntar Jonás pasado un instante—. Dígamelo, por favor.

El Dador cerró los ojos.

—A mí me partía el corazón, Jonás, transmitirle dolor. Pero era mi obligación. Era lo que yo tenía que hacer, lo mismo que he tenido que hacerlo contigo.

La habitación quedó en silencio. Jonás esperó. Por fin el Dador siguió adelante.

—Cinco semanas. No duró más. Le pasé recuerdos felices: una subida en tiovivo; un gatito para jugar con él; una salida al campo. A veces los escogía sólo porque sabía que le harían reír, y así yo atesoraba el sonido de aquella risa en esta habitación que siempre había sido tan silenciosa.

"Pero ella era como tú, Jonás. Quería experimentarlo todo. Sabía que ésa era su responsabilidad. Y por eso me pedía recuerdos más difíciles.

Jonás contuvo el aliento unos segundos.

—¿No le pasaría usted la guerra, verdad? ¿Sólo con cinco semanas?

El Dador negó con la cabeza y suspiró.

—No. Ni le di dolor físico. Pero le di desolación. Y le di pérdida. Le transmití el recuerdo de un niño arrancado de sus padres. Ése fue el primero. Al final estaba como conmocionada.

Jonás tragó saliva. Rosemary y su risa habían empezado a parecerle reales y se le representaba alzando los ojos desde la cama de los recuerdos, espantada.

El Dador continuó.

—Yo entonces me eché atrás, le pasé más pequeños placeres. Pero una vez que hubo conocido el dolor, todo cambió. Se le veía en los ojos.

—¿Es que no era valiente? —insinuó Jonás.

El Dador no respondió a la pregunta.

—Insistió en que siguiéramos, en que no le ahorrara nada. Decía que era su deber. Y yo sabía, claro, que tenía razón.

"No podía decidirme a hacerle daño físico. Pero le di muchas clases de angustia. Pobreza, hambre, terror.

"Tenía que hacerlo, Jonás; era mi obligación. Y la habían elegido a ella.

El Dador le miró implorante. Jonás le acarició una mano.

—Hasta que una tarde acabamos por aquel día. La sesión había sido dura. Yo intenté acabar, como hago contigo, transmitiendo algo feliz y alegre. Pero los tiempos de reír ya habían pasado. Ella se levantó muy callada, con el gesto muy serio, co-

---

mo si estuviera tomando una decisión. Se acercó a mí y me abrazó. Me dio un beso en la mejilla.

Bajo la mirada de Jonás, el Dador se pasó la mano por la mejilla, recordando el tacto de los labios de Rosemary diez años antes.

—Salió de aquí aquel día, salió de esta habitación, y no volvió a su casa. A mí se me comunicó por el altavoz que había ido directamente al Presidente de los Ancianos y había solicitado ser liberada.

—¡Pero lo prohíben las Normas! El Receptor en formación no puede solicitar la...

—Eso está en tus Normas, Jonás, pero no estaba en las de ella. Ella pidió la liberación y se la tuvieron que dar. Yo no la vi más.

Así que el fracaso era eso, pensó Jonás. Era evidente que para el Dador había sido una pena muy honda; pero no parecía una cosa tan terrible, a fin de cuentas. Y él, Jonás, no lo habría hecho nunca; él no habría solicitado nunca la liberación, por muy difícil que su formación llegara a ser. El Dador necesitaba un sucesor y se le había escogido a él.

Entonces se le ocurrió una idea. Rosemary había sido liberada a poco de comenzar su formación. ¿Y si algo le sucedía a él, a Jonás? Ahora tenía ya todo un año de recuerdos.

—Dador —preguntó—, yo no puedo solicitar la liberación, ya lo sé. Pero, ¿y si me pasara algo, un accidente? ¿Y si me cayera al río como aquel Cuatro, el pequeño Caleb? Bueno, eso es absurdo, porque yo soy buen nadador. Pero, ¿y si no supiera nadar y me cayera al río y me perdiera? Entonces no habría nuevo Receptor, pero usted habría cedido ya una cantidad enorme de recuerdos importantes, de modo que aunque se seleccionara un nuevo Receptor, los recuerdos habrían desaparecido, salvo los vestigios que a usted le quedan. Y qué pasaría entonces si...

De repente le dio la risa.

—Estoy como mi hermana Lily —dijo, burlándose de sí mismo.

El Dador le miró con gesto grave.

—Tú haz el favor de no acercarte al río, amigo —dijo—. La Comunidad perdió a Rosemary a las cinco semanas y fue un desastre para ellos. No sé qué haría la Comunidad si te perdiera a ti.

—¿Por qué fue un desastre?

—Creo que ya te lo he dicho una vez —le recordó el Dador—: que cuando ella se fue los recuerdos volvieron a la gente. Si tú te perdieras en el río, Jonás, tus recuerdos no se perderían contigo. Los recuerdos son para siempre.

"Rosemary sólo tenía los de aquellas cinco semanas, y la mayoría eran buenos. Pero había aquellos pocos recuerdos terribles, los que la habían aplastado. Durante cierto tiempo aplastaron a la Comunidad. ¡Todos aquellos sentimientos, que no habían experimentado jamás!

"Yo quedé tan devastado por mi propio dolor de perderla y mi sentimiento de fracaso, que ni siquiera intenté ayudarles a sobrellevarlo. Además, estaba furioso.

El Dador calló un momento, obviamente meditando.

—Sabes —dijo por fin—, si te perdieran a ti, con toda la formación que has recibido ya, volverían a tener ellos todos esos recuerdos.

Jonás torció el gesto.

—Les sentaría muy mal.

—Desde luego. No sabrían soportarlo.

—Yo únicamente lo soporto porque le tengo a usted para ayudarme —señaló Jonás dando un suspiro.

El Dador asintió.

—Me figuro —dijo despacio— que yo podría…

—¿Qué?

El Dador seguía sumido en meditación. Pasados unos momentos dijo:

—Si tú te fueras flotando en el río, me figuro que yo podría ayudar a toda la Comunidad como te he ayudado a ti. Es una idea interesante. Tengo que pensar en ello un poco más. A lo mejor volvemos a hablarlo en algún momento. Pero ahora no. Me alegro de que seas buen nadador, Jonás. Pero no te acerques al río.

Y el Dador se rió un poco, pero con una risa que no era alegre. Su pensamiento parecía estar en otra parte y sus ojos estaban muy sombríos.

Capítulo Diecinueve

Jonás echó una ojeada al reloj. Había tanto que hacer siempre, que pocas veces se limitaban el Dador y él a hablar, como en aquel rato.

—Lamento haber gastado tanto tiempo con mis preguntas —dijo—. Si preguntaba por la liberación era únicamente porque mi padre libera hoy a un Nacido. Un gemelo. Tiene que escoger a uno y liberar al otro. Lo hacen por el peso —volvió a mirar el reloj—. En realidad, ya habrá acabado. Creo que era esta mañana.

La cara del Dador tomó una expresión solemne.

—No deberían hacer eso —dijo en voz baja, casi para sí.

—¡Pero no puede haber por ahí sueltas dos personas idénticas! ¡Figúrese qué lío! —dijo Jonás riendo.

"A mí me gustaría verlo —añadió después de pensar.

Le gustaba la idea de ver a su padre llevando a cabo la Ceremonia y poniendo limpio y confortable al gemelito. ¡Su padre era un hombre tan bondadoso!

—Puedes verlo —dijo el Dador.

—No —dijo Jonás—. Nunca dejan verlo a los niños. Es muy privado.

—Jonás —dijo el Dador—, yo sé que tú has leído tus instrucciones de formación muy atentamente. ¿No recuerdas que te está permitido preguntar todo lo que quieras?

Jonás asintió.

—Sí, pero...

—Jonás, cuando tú y yo acabemos nuestro tiempo en común, tú serás el nuevo Receptor. Puedes leer los libros; tendrás los recuerdos. Tienes acceso a todo. Eso es parte de tu formación. Si quieres ver una liberación, no tienes más que pedirlo.

Jonás se encogió de hombros.

—Bien, pues quizá lo pida. Pero a ésta ya no llego. Estoy seguro de que fue esta mañana.

Entonces el Dador le dijo una cosa que él no sabía.

—Todas las Ceremonias privadas se graban. Quedan en el Registro Reservado. ¿Quieres ver la liberación de esta mañana?

Jonás vaciló. Temió que a su padre no le gustara que él viera algo tan privado.

—Creo que deberías —le dijo el Dador con firmeza.

—Bueno, pues sí —dijo Jonás—. Dígame cómo.

El Dador se levantó de su asiento, se acercó al altavoz de la pared y corrió el interruptor de CERRADO a ABIERTO.

La voz habló inmediatamente.

—Sí, Receptor. ¿Qué desea?

—Quisiera ver la liberación del gemelo que ha habido esta mañana.

—Un momento, Receptor. Gracias por sus instrucciones.

Jonás fijó los ojos en la pantalla de vídeo que había sobre la fila de interruptores. En su superficie vacía empezaron a parpadear unas líneas en zigzag; después salieron unos números, seguidos de la fecha y la hora. Jonás se quedó asombrado y encantado de que aquello estuviera a su disposición y sorprendido de no haberlo sabido antes.

De pronto vio una habitación pequeña y sin ventanas, vacía salvo una cama, una mesa con algunas cosas encima –reconoció un pesabebés; los había visto antes, cuando hacía horas de voluntariado en el Centro de Crianza– y un armario. Vio que el suelo era de moqueta clara.

—Es una habitación corriente —comentó—. Pensé que a lo mejor lo hacían en el Auditorio, para que pudiera ir todo el mundo. Todos los Viejos van a las Ceremonias de Liberación. Pero será que por tratarse sólo de un Nacido, no...

—Sssh... —dijo el Dador, con la mirada puesta en la pantalla.

En la habitación entró el padre de Jonás, vestido con su uniforme de Criador, llevando en brazos a un Nacido diminuto envuelto en una mantita suave. Una mujer uniformada entró tras él, cargada con un segundo niño envuelto en otra manta similar.

—Ése es mi padre —bisbiseó Jonás sin proponérselo, como si pudiera despertar a los pequeños si hablara alto—. Y la Criadora es su ayudante. Está todavía en formación, pero acabará pronto.

Los dos criadores desplegaron las mantitas y tendieron sobre la cama a los Nacidos idénticos. Estaban desnudos. Jonás vio que eran chicos.

Contempló fascinado cómo su padre llevaba primero a uno y luego al otro al pesabebés y les pesaba.

Oyó a su padre reír.

—Bien —dijo su padre a la mujer—. Por un momento pensé que podían ser exactamente iguales. Entonces sí que habríamos tenido un problema. Pero éste —dijo entregándoselo, tras haberle envuelto otra vez, a su ayudante— pesa tres kilos justos. Así que puede usted lavarle y vestirle y llevárselo al Centro.

La mujer tomó al Nacido y salió por la misma puerta por donde había entrado.

Jonás vio que su padre se inclinaba sobre el Nacido que se retorcía encima de la cama.

—Y tú, chiquito, tú sólo pesas dos kilos ochocientos gramos. ¡Una gamba!

—Ésa es la voz especial con que habla a Gabriel —observó Jonás sonriendo.

—Atiende —dijo el Dador.

—Ahora le pone limpito y cómodo —dijo Jonás—. Me lo ha contado.

—Calla, Jonás —ordenó el Dador con una voz extraña—. Atiende.

Obediente, Jonás se concentró en la pantalla, esperando a ver qué pasaba a continuación. Sentía particular curiosidad por la parte de Ceremonia.

Su padre se volvió y abrió el armario. Sacó una jeringuilla y un frasquito. Con mucho cuidado insertó la aguja en el frasco y empezó a llenar la jeringuilla con un líquido claro.

Jonás hizo una mueca de conmiseración. Se le había olvidado que a los Nacidos hay que ponerles inyecciones. Él aborrecía las inyecciones, aunque sabía que eran necesarias.

Entonces le sorprendió ver que su padre, con mucho cuidado, situaba la aguja sobre la parte alta de la frente del niño, pinchando en el punto donde la frágil piel latía. El Nacido se retorció y gimió débilmente.

—¿Y por qué...?

—¡Calla! —dijo el Dador con voz tajante.

Su padre estaba hablando y Jonás se dio cuenta de estar oyendo la respuesta a la pregunta que había empezado a hacer. También con la voz especial, su padre estaba diciendo: "Ya lo sé, ya lo sé. Duele, chiquito. Pero tengo que usar una vena y las venas de tus brazos son todavía demasiado finitas".

Y, empujando el émbolo muy despacio, inyectó el líquido en la vena de la cabeza hasta vaciar la jeringuilla.

—Ya está. No ha sido nada, ¿a que no? —oyó Jonás que decía su padre alegremente.

Y apartándose tiró la jeringuilla a una papelera.

"Ahora le lava y le pone cómodo", dijo Jonás para sí, en vista de que el Dador no quería hablar durante la pequeña Ceremonia.

Siguió mirando y vio que el Nacido, que ya no lloraba, movía los brazos y las piernas dando sacudidas. Luego se quedó quieto. La cabeza se le cayó de lado, con los ojos medio abiertos. Luego ya no se movió.

Con una sensación de intensa extrañeza, Jonás reconoció los gestos y la postura y la expresión. Los conocía. Los había visto antes. Pero no recordaba dónde.

Miró fijamente a la pantalla, esperando que pasara algo. Pero no pasó nada. El gemelito yacía inmóvil. Su padre estaba recogiendo las cosas. Doblando la manta. Cerrando el armario.

Una vez más, como en el Área de Juegos, sintió que se ahogaba. Una vez más vio la cara del soldado rubio y ensangrentado cuando la vida abandonó sus ojos. El recuerdo volvió.

"¡Le ha matado! ¡Mi padre le ha matado!", se dijo, estupefacto de lo que estaba comprendiendo. Y siguió mirando a la pantalla, petrificado.

Su padre hizo orden en la habitación. Después cogió una caja pequeña de cartón que estaba preparada en el suelo, la puso sobre la cama y metió en ella el cuerpo exánime, cerrando bien la tapa.

Cogió la caja y la llevó hasta el otro extremo de la habitación. Abrió una puertecilla que había en la pared; Jonás vio que al otro lado de la puertecilla estaba oscuro. Parecía ser el mismo tipo de vertedor que había en la escuela para depositar la basura.

Su padre cargó la caja que contenía el cuerpo en el vertedor y le dio un empujón.

—Adiós, chiquito —oyó Jonás que decía antes de salir de la habitación.

Luego la pantalla quedó en blanco.

El Dador se volvió hacia él. Con mucha calma refirió:

—Cuando el altavoz me comunicó que Rosemary había solicitado la liberación, pusieron la cinta para mostrarme el procedimiento. Allí estaba ella, esperando: fue la última imagen que tuve de aquella bella criatura. Trajeron la jeringuilla y le pidieron que se subiera la manga.

"¿Tú insinuabas, Jonás, que quizá no era valiente? Yo no sé qué es la valentía: qué es, qué significa. Lo que sé es que yo estaba aquí paralizado por el horror, deshecho de no poder hacer nada. Y oí que Rosemary les decía que prefería ponerse ella misma la inyección.

"Y lo hizo. Yo no miré. Miré para otro lado.

El Dador se volvió hacia él.

—Bueno, pues ahí lo tienes, Jonás. Estabas pensando cómo sería la liberación —dijo con voz amarga.

Jonás sintió dentro de sí una sensación de desgarro, la sensación de un dolor terrible que se abría camino a zarpazos para estallar en un grito.

Capítulo Veinte

No quiero! ¡No quiero ir a casa! ¡No me puede usted obligar!

Jonás sollozaba, gritaba y aporreaba la cama con los puños.

—Siéntate, Jonás —le ordenó el Dador con firmeza.

Jonás obedeció. Llorando, convulso, se sentó en el borde de la cama. No quería mirar al Dador.

—Puedes quedarte aquí esta noche. Quiero hablar contigo. Pero ahora tienes que estar callado, mientras lo comunico a tu Unidad Familiar. Nadie debe oírte llorar.

Jonás alzó una mirada extraviada.

—¡Tampoco nadie oyó llorar a ese niño! ¡Nadie más que mi padre!

Y volvió a deshacerse en sollozos.

El Dador esperó en silencio. Por fin Jonás fue capaz de calmarse y se sentó acurrucado, con un temblor en los hombros.

El Dador se acercó al altavoz de la pared y puso el interruptor en ABIERTO.

—Sí, Receptor. ¿En qué puedo servirle?

—Comunique a la Unidad Familiar del nuevo Receptor que esta noche se quedará conmigo, para formación suplementaria.

—Yo me encargo, señor. Gracias por sus instrucciones —dijo la voz.

—"Yo me encargo, señor. Yo me encargo, señor" —la imitó Jonás en un tono cruel y sarcástico—. "Yo hago lo que usted quiera, señor. Yo mato a quien haga falta, señor. ¿Viejos? ¿Nacidos de pequeño tamaño? Yo les mato con mucho gusto, señor. Gracias por sus instrucciones, señor. ¿En que puedo servir..."

Como si no pudiera parar.

El Dador le agarró con fuerza por los hombros. Jonás enmudeció y le miró a los ojos.

—Escúchame, Jonás. No lo pueden evitar. No saben nada.

—¡Eso ya me lo dijo usted otra vez!

—Lo dije porque es verdad. Es su manera de vivir. Es la vida que se creó para ellos. Es la misma vida que tú llevarías si no hubieras sido escogido para sucederme.

—¡Pero es que él me ha mentido! —lloró Jonás.

—Es lo que le mandaron que hiciera y no sabe nada más.

—¿Y usted qué? ¿Usted también me miente?

Jonás casi le escupió la pregunta al Dador.

—Yo estoy autorizado a mentir. Pero no te he mentido nunca.

Jonás le miró fijamente.

—¿La liberación es así siempre? ¿Para la gente que quebranta las Normas tres veces? ¿Para los Viejos? ¿También a los Viejos les matan?

—Sí, así es.

—¿Y Fiona? ¡Fiona ama a los Viejos! Se está formando para cuidarles. ¿Lo sabe ya? ¿Qué hará cuando se entere? ¿Qué sentirá entonces?

Jonás se enjugó la cara con el dorso de la mano.

—A Fiona la están formando ya en el fino arte de la liberación —le dijo el Dador—. Es muy eficiente en su trabajo, tu pelirroja amiga. Los sentimientos no forman parte de la vida que se le ha enseñado.

Jonás se rodeó con los brazos y se balanceó.

—¿Y yo qué hago? ¡No puedo volver! ¡No puedo!

El Dador se levantó.

—Lo primero voy a pedir nuestra cena. Luego comeremos.

Jonás, sin proponérselo, volvió a emplear el desagradable tono sarcástico.

—¿Y luego compartiremos nuestros sentimientos?

El Dador soltó una risa triste, angustiada, vacía.

—Jonás, tú y yo somos los únicos que tenemos sentimientos. Ya llevamos casi un año compartiéndolos.

—Lo siento, Dador —dijo Jonás, afligido—. No quería ponerme tan odioso. No con usted.

El Dador frotó los hombros encogidos de Jonás.

—Y cuando hayamos comido —siguió diciendo— haremos un plan.

Jonás alzó la vista perplejo.

—¿Un plan para qué? No hay nada que hacer. No podemos hacer nada. De siempre viene siendo así. Antes de mí, antes de usted, antes de los que le precedieron. Desde hace muchísimo, muchísimo tiempo.

Su voz arrastró la consabida frase.

—Jonás —dijo el Dador pasado un instante—, es verdad que parece que viene siendo así desde siempre. Pero los recuerdos nos dicen que no ha sido siempre así. Hubo un tiempo en que las personas sentían. Tú y yo hemos sido partícipes de eso, y lo sabemos. Sabemos que en otro tiempo las personas sentían cosas como orgullo y pena y…

—Y amor —añadió Jonás, acordándose de la escena familiar que tanto le había afectado—. Y dolor. —pensó otra vez en el soldado.

—Lo peor de conservar los recuerdos no es el dolor. Es la soledad que entraña. Los recuerdos hay que compartirlos.

—Yo he empezado a compartirlos con usted —dijo Jonás, tratando de animarle.

—Eso es verdad. Y el tenerte aquí conmigo durante este año me ha hecho comprender que las cosas tienen que cambiar. Hace muchos años que pienso que deberían, pero no veía ningún resquicio.

—Ahora por primera vez pienso que podría haber una manera —dijo despacio el Dador—. Y eres tú el que me la ha sugerido, hace escasamente... —miró el reloj— un par de horas.

Jonás le miraba atentamente, escuchando.

Ya era noche avanzada. Llevaban muchas horas hablando. Jonás, sentado, estaba envuelto en una túnica larga que era del Dador, la túnica larga que sólo llevaban los Ancianos.

Era posible lo que habían planeado. Era mínimamente posible. Si fallaba, lo más seguro sería que le costase la vida a Jonás.

Pero, ¿qué importaba eso? Si se quedaba, su vida ya no valdría la pena vivirla.

—Sí —dijo al Dador—. Lo haré. Creo que puedo hacerlo. Lo intentaré por lo menos. Pero quiero que usted venga conmigo.

El Dador negó con la cabeza.

—Jonás —dijo—, la Comunidad viene dependiendo, a lo largo de todas estas generaciones, desde hace muchísimo, muchísimo tiempo, de un Receptor residente que conserve los recuerdos por ella. Yo te he cedido muchos en el pasado año. Y no los puedo recuperar. No tengo manera de recuperarlos una vez que los he dado.

"De modo que si tú escapas, una vez que te hayas ido... y ya sabes, Jonás, que no podrías volver nunca...

Jonás asintió solemnemente. Era la parte aterradora.

—Sí —dijo—, lo sé. Pero si usted viene conmigo...

El Dador meneó la cabeza y le hizo callar con un gesto. Luego continuó:

—Si tú escapas, si sales de aquí, si llegas a Afuera, eso significará que la Comunidad tendrá que soportar la carga de los recuerdos que tú conservabas por ella.

”Yo creo que pueden y que adquirirán algo de sabiduría. Pero será durísimo para ellos. Cuando hace diez años perdimos a Rosemary y sus recuerdos volvieron a la población, les entró pánico. Y los de entonces eran muy pocos, comparados con los tuyos. Cuando tus recuerdos vuelvan, la Comunidad necesitará ayuda. ¿Te acuerdas de cómo te ayudaba yo al principio, cuando la recepción de memoria era algo nuevo para ti?

Jonás asintió.

—Al principio asustaba. Y hacía mucho daño.

—Entonces tú me necesitaste. Y ahora me necesitarán ellos.

—Da igual. Encontrarán a alguien que llene mi puesto. Escogerán otro nuevo Receptor.

—No hay nadie preparado para la formación, ahora mismo. Sí, acelerarán la selección, por supuesto. Pero yo no sé de ningún niño que tenga las condiciones adecuadas…

—Hay una chica con los ojos claros. Pero es una Seis.

—Exacto. Ya sé a quién te refieres. Se llama Katharine. Pero es demasiado joven. Así que se verán obligados a soportar esos recuerdos.

—Yo quiero que usted venga, Dador —suplicó Jonás.

—No. Tengo que quedarme aquí —dijo rotundo el Dador—. Quiero quedarme, Jonás. Si voy contigo y entre los dos nos llevamos toda su protección frente a los recuerdos, Jonás, la Comunidad no tendrá a nadie que la ayude. Caerán en el caos. Se destruirán a sí mismos. No me puedo ir.

—Dador —insinuó Jonás—, usted y yo no tenemos por qué pensar en los demás.

El Dador le miró con una sonrisa interrogante. Jonás agachó la cabeza. Claro que había que pensar. Ahí estaba el sentido de todo.

—Y en cualquier caso, Jonás —suspiró el Dador—, yo no podría. Estoy ahora muy debilitado. ¿Sabes que ya no veo los colores?

A Jonás se le partió el corazón. Extendió un brazo para tomarle de la mano.

—Tú tienes los colores —le dijo el Dador—. Y tienes el valor. Yo te ayudaré a tener la fuerza.

—Hace un año —le recordó Jonás—, cuando acababa de llegar a Doce, cuando empecé a ver el primer color, me dijo que su comienzo había sido distinto. Pero que yo no lo entendería.

Al Dador se le alegró la cara.

—Es verdad. ¿Y sabes, Jonás, que con todo el conocimiento que tienes ahora, con todos tus recuerdos, con todo lo que has aprendido… seguirías sin entender? Porque he sido un poco egoísta. De eso no te he pasado nada. Quería conservarlo para mí hasta el final.

—¿Conservar qué?

—Cuando yo era niño, más joven que tú, empezó a llegarme. Pero para mí no era Ver Más. Era diferente. Para mí era Oír Más.

Jonás frunció el ceño, intentando descifrarlo.

—¿Qué era lo que oía? —preguntó.

—Música —dijo el Dador sonriendo—. Empecé a oír una cosa verdaderamente notable, que se llama música. Te pasaré algo antes de irme.

Jonás negó con la cabeza tajantemente.

—No, Dador —dijo—. Quiero que eso lo guarde, para tenerlo con usted cuando yo me haya ido.

* * *

Por la mañana Jonás volvió a casa, saludó alegremente a sus padres y mintió con soltura sobre la noche tan atareada y agradable que había pasado.

Su padre sonrió y mintió con soltura también sobre el día tan atareado y agradable que había tenido la víspera.

A lo largo de toda la jornada escolar, en las clases, Jonás repasó el plan mentalmente. Parecía de lo más simple. Jonás y el Dador le habían dado vueltas y vueltas, hasta altas horas de la noche.

Durante las dos semanas siguientes, mientras se acercaba la fecha de la Ceremonia de Diciembre, el Dador le pasaría a Jonás todos los recuerdos de valor y fuerza que pudiera; le harían falta para ayudarle a encontrar aquel Afuera de cuya existencia estaban convencidos los dos. Sabían que sería un viaje muy difícil.

Después, en mitad de la noche anterior a la Ceremonia, Jonás se iría en secreto de su casa. Ésta era probablemente la parte más peligrosa, porque era transgresión grave de las Normas que un ciudadano saliera de casa por la noche, si no era en misión oficial.

—Me iré a media noche —dijo Jonás—. Los Recogedores de Alimentos habrán acabado de recoger los restos de las cenas a esa hora y los Equipos de Mantenimiento Viario no empiezan a trabajar tan pronto. Así que no habrá nadie que me vea; como no sea, claro está, alguien que vaya en misión urgente.

—No sé qué deberías hacer si te ven, Jonás —había dicho el Dador—. Tengo recuerdos, por supuesto, de toda clase de fugas. La gente ha huido de cosas terribles a lo largo de la historia. Pero cada situación es única. No hay recuerdo de ninguna como ésta.

—Tendré cuidado —dijo Jonás—. No me verá nadie.

—Como Receptor en formación, se te tiene ya mucho respeto. Así que no creo que te interrogasen muy a fondo.

—Diría simplemente que iba a hacer un recado importante para el Receptor. Le echaría a usted toda la culpa de estar fuera a deshora —bromeó Jonás.

Los dos se rieron con un poco de nerviosismo. Pero Jonás estaba seguro de poder salir de su casa sin ser visto, con ropa de más. En silencio llevaría la bici hasta la orilla del río y la dejaría allí, escondida en los arbustos, con la ropa doblada al lado.

Luego iría a pie a través de la oscuridad, sin hacer ruido, hasta el Anexo.

—Por las noches no hay Recepcionista —explicó el Dador—. Dejaré la puerta sin cerrar. Tú simplemente te cuelas en la habitación. Te estaré esperando.

Sus padres descubrirían su ausencia cuando se despertaran. Encontrarían también un alegre mensaje de Jonás encima de su cama, diciéndoles que se iba a dar un paseo temprano con la bici por la orilla del río, que volvería para la Ceremonia.

Sus padres se irritarían, pero no se alarmarían. Les parecería una falta de consideración por su parte y pensarían reñirle más tarde.

Le esperarían, cada vez de peor talante; por fin no tendrían más remedio que irse, llevando a Lily a la Ceremonia sin él.

—Pero no dirán nada a nadie —dijo Jonás, muy seguro—. No llamarán la atención hacia mi descortesía porque eso les dejaría en mal lugar como educadores. Y en cualquier caso, todo el mundo está tan pendiente de la Ceremonia que seguramente ni se fijarán en mi falta. Ahora que ya soy Doce y en formación, ya no tengo que sentarme con mi grupo de edad. Así que Asher pensará que estoy con mis padres o con usted…

—Y tus padres supondrán que estás con Asher, o conmigo…

Jonás se encogió de hombros.

—Todo el mundo tardará un rato en caer en la cuenta de que no estoy.

—Y para entonces tú y yo estaremos ya muy lejos.

A primera hora de la mañana, el Dador pediría por el altavoz un vehículo con conductor. Visitaba a menudo las otras comunidades para reunirse con sus Ancianos; sus responsabilidades se extendían a todas las zonas circundantes. De modo que con eso no haría nada insólito.

Por regla general, el Dador no asistía a la Ceremonia de Diciembre. El año anterior había estado presente por tratarse de la selección de Jonás, que le tocaba tan de cerca. Pero lo normal era que su vida transcurriera aparte de la de la Comunidad. Nadie comentaría su ausencia, ni el hecho de que hubiera escogido aquel día para viajar.

Cuando llegaran conductor y vehículo, el Dador mandaría al conductor a hacer algún pequeño recado, y durante su ausencia ayudaría a Jonás a esconderse en la caja del vehículo. Llevaría consigo un paquete de alimentos que el Dador iría sacando de sus comidas durante esas dos semanas.

Empezaría la Ceremonia, con toda la Comunidad presente, y para entonces Jonás y el Dador estarían ya en camino.

A mediodía se notaría la ausencia de Jonás y sería motivo de grave preocupación. No se suspendería la Ceremonia: eso era impensable. Pero se enviaría gente a buscarle.

Para cuando encontraran su bici y su ropa, el Dador estaría ya en el camino de vuelta. Jonás estaría ya solo, haciendo su viaje Afuera.

El Dador, a su regreso, encontraría la Comunidad en un estado de confusión y pánico. Enfrentados a una situación en la que no se habían visto nunca y sin recuerdos en los que hallar consuelo o sabiduría, no sabrían qué hacer y le pedirían consejo.

Él iría al Auditorio, donde la gente estaría aún reunida. Subiría al escenario y reclamaría su atención.

Les haría el anuncio solemne de que Jonás se había perdido en el río. Iniciaría inmediatamente la Ceremonia de la Pérdida.

—Jonás, Jonás —dirían todos en voz alta, como en aquella otra ocasión habían dicho el nombre de Caleb.

El Dador dirigiría la cantinela. Entre todos harían que la presencia de Jonás en sus vidas se desvaneciera según iban diciendo su nombre al unísono, más despacio, cada vez más bajito, hasta que Jonás desapareciera de ellos, hasta que no fuera más que un murmullo ocasional, y después, al final del largo día, algo ido para siempre, que no había que volver a mencionar.

Su atención pasaría a la tarea abrumadora de soportar ellos los recuerdos. El Dador les ayudaría.

—Sí, comprendo que le necesitarán —había dicho Jonás al término de la prolongada discusión del plan—. Pero yo también le necesitaré. Por favor, venga conmigo.

Era la última súplica y al hacerla sabía ya cuál iba a ser la respuesta.

—Mi trabajo habrá acabado —había respondido suavemente el Dador— cuando haya ayudado a la Comunidad a cambiar y renacer.

"Te estoy agradecido, Jonás, porque sin ti jamás se me habría ocurrido la manera de conseguir el cambio. Pero ahora tu papel es escapar. Y mi papel es quedarme.

—¿Pero no quiere usted estar conmigo, Dador? —preguntó Jonás tristemente.

El Dador le abrazó.

—Yo te amo, Jonás —dijo—. Pero tengo otro sitio adonde ir. Cuando mi trabajo aquí esté acabado, quiero estar con mi hija.

Jonás, que miraba sombríamente al suelo, al oír eso alzó los ojos, sorprendido.

—¡No sabía que tuviera usted una hija, Dador! Me contó que había tenido cónyuge. Pero de su hija es la primera noticia que tengo.

El Dador sonrió y asintió. Por primera vez en los largos meses que habían pasado juntos, Jonás le vio con una expresión de verdadera felicidad.

—Se llamaba Rosemary —dijo el Dador.

Capítulo Veintiuno

Lo conseguirían. Podían conseguirlo, se dijo Jonás una vez y otra vez a lo largo del día.

Pero aquella tarde todo cambió. Todo, todas las cosas que tenían planeadas tan meticulosamente, todo se vino abajo.

Esa noche Jonás tuvo que huir. Salió de casa poco después de que oscureciera y la Comunidad quedara en silencio. Era peligrosísimo porque aún circulaban algunos de los equipos de trabajo, pero Jonás se movía furtivamente y sin hacer ruido, siempre por las sombras; así dejó atrás las casas sin luz y la Plaza Central vacía, y se dirigió al río. Pasada la Plaza vio la Casa de los Viejos, con el Anexo detrás, silueteado sobre el cielo nocturno. Pero no podía detenerse allí. No había tiempo. Ahora cada minuto contaba y cada minuto debía alejarle más de la Comunidad.

Estaba ya en el puente, encorvado sobre la bici, pedaleando sin pausa. Allá abajo veía el agua oscura y revuelta.

Sorprendentemente, no sentía ningún miedo, ni pena por abandonar la Comunidad. Pero sí sentía una tristeza muy honda por dejarse atrás a su mejor amigo. Sabía que en su peligrosa fuga tenía que guardar absoluto silencio; pero con su corazón y con su mente se volvió y acarició la esperanza de que el Dador, con aquella su capacidad para oír más, supiera que Jonás le había dicho adiós.

Había ocurrido durante la cena. La Unidad Familiar estaba comiendo como siempre: Lily parloteando, Mamá y Papá haciendo sus acostumbrados comentarios (y mentiras, sabía Jonás) acerca del día. A poca distancia, Gabriel jugaba feliz en el suelo, farfullando con su media lengua y de vez en cuando mirando con embeleso a Jonás, evidentemente contentísimo de volverle a ver después de la inesperada noche fuera de casa.

Papá echó una ojeada hacia el pequeño.

—Disfruta, chiquitín —dijo—. Ésta es tu última noche de visitante.

—¿Qué quieres decir? —le preguntó Jonás.

Papá suspiró disgustado.

—Pues ya sabes que no estaba aquí cuando volviste a casa esta mañana porque quisimos que pasara la noche en el Centro de Crianza. Parecía una buena ocasión, ya que tú no estabas, para hacer un ensayo. ¡Últimamente dormía tan tranquilo!

—¿Y el ensayo salió mal? —preguntó Mamá con interés.

Papá soltó una carcajada sarcástica.

—Eso es poco decir. ¡Fue un desastre! Se pasó toda la noche llorando, al parecer. Les volvió locos a los del turno de noche. Cuando yo entré estaban auténticamente destrozados.

—¡Gabi, malo! —dijo Lily, chascando la lengua como para regañar al pequeño, que desde el suelo sonreía de oreja a oreja.

—Así que —siguió diciendo Papá—, obviamente tuvimos que tomar la decisión. Hasta yo voté por la liberación de Gabriel en la reunión de esta tarde.

Jonás soltó el tenedor y se quedó mirando a su padre.

—¿Liberarle? —dijo.

Papá asintió.

—Se ha hecho todo lo que se ha podido, ¿no?

—De eso no cabe la menor duda —afirmó Mamá rotundamente.

También Lily movió la cabeza manifestando su conformidad.

Jonás se esforzó por mantener la voz absolutamente serena.

—¿Cuándo? —preguntó—. ¿Cuándo será liberado?

—Mañana por la mañana, lo primero de todo. Tenemos que iniciar los preparativos de la Ceremonia de Imposición de Nombres, así que hemos pensado que lo mejor era quitarnos esto de encima cuanto antes.

"Mañana por la mañana, ¡adiosito, Gabi! —había dicho Papá con su vocecita cantarina.

Jonás alcanzó la otra orilla del río y allí hizo un alto para mirar atrás. La Comunidad en la que había transcurrido toda su vida quedaba ya a sus espaldas, dormida. Al amanecer, la vida ordenada y disciplinada que siempre había conocido continuaría igual sin él. La vida en la que no había nunca nada inesperado. Ni inconveniente. Ni insólito. La vida sin color, y sin dolor, y sin pasado.

Pisó otra vez con fuerza el pedal y siguió rodando por el camino. No era prudente perder tiempo en mirar atrás. Pensó en las Normas que había transgredido hasta allí: suficientes para que, si le pillaban ahora, le condenaran.

Primera, había salido de casa por la noche. Transgresión grave.

Segunda, había sustraído alimentos a la Comunidad: delito muy serio, aunque lo que había sustraído eran sobras, sacadas a las puertas de las casas para su recogida.

Tercera, había robado la bicicleta de su padre. Por un instante había titubeado, ya en el aparcamiento a oscuras, porque no quería nada de su padre y porque además no estaba seguro de poder llevar cómodamente la bici mayor, estando tan acostumbrado a la suya.

Pero era necesario porque ésta tenía detrás un sillín de niño. Y se había llevado también a Gabriel.

Sentía en su espalda la cabecita, botando suavemente contra él según rodaban. Gabriel iba muy dormido, atado a su sillín. Antes de salir de casa, Jonás había puesto sus manos firmemente en la espalda de Gabi y le había transmitido el recuerdo más sedante que tenía: una hamaca meciéndose despacio bajo palmeras en una isla perdida, a la caída de la tarde, con un sonido rítmico de agua lánguida que lamía hipnóticamente una playa cercana. A medida que el recuerdo fue filtrándose de él al Nacido, sintió que el sueño de Gabi se apaciguaba y se hacía más profundo. Ni se movió siquiera cuando Jonás le alzó de la cuna y le colocó con suavidad en el asiento moldeado.

Sabía que le quedaban las horas restantes de la noche antes de que se advirtiera su fuga. Así que pedaleaba con fuerza, a un ritmo constante, poniendo toda su voluntad en no cansarse a medida que pasaban los minutos y los kilómetros. No había habido tiempo de recibir los recuerdos de fuerza y valor con los que habían contado el Dador y él. De modo que tenía que apañarse con lo suyo, y confiaba en que fuera suficiente.

Rodeó las comunidades vecinas, donde las casas estaban a oscuras. Poco a poco las distancias de una comunidad a otra eran mayores, con tramos más largos de carretera desierta. Al principio le dolieron las piernas; luego, conforme pasaban las horas, se le insensibilizaron.

Al amanecer Gabriel empezó a rebullir. Estaban en una zona despoblada; los campos a ambos lados de la carretera aparecían salpicados aquí y allá de arboledas. Vio un arroyo y se dirigió hacia él atravesando una pradera llena de baches y rodadas; Gabriel, ya despierto del todo, se reía con el sube y baja de la bici.

Jonás le desató, le bajó al suelo y vio cómo se ponía a investigar la hierba y las ramitas con deleite. Él escondió cuidadosamente la bici en los arbustos.

—¡El desayuno, Gabi!

Desenvolvió algo de comida y la repartió entre los dos. Luego llenó de agua del arroyo la taza que llevaba y dio de beber a Gabriel. Él también bebió con ansia y se sentó junto al arroyo, mirando jugar al niño.

Estaba exhausto. Sabía que tenía que dormir para dar reposo a sus músculos y prepararse para más horas de bici. No sería prudente viajar a la luz del día.

Pronto le estarían buscando.

Encontró un sitio bien oculto entre los árboles, se llevó allí al niño y se tumbó, sujetando a Gabriel entre los brazos. Gabi forcejeó alegremente como si fuera un juego de luchas de las que hacían en casa, con cosquillas y risas.

—Lo siento, Gabi —le dijo Jonás—. Sé que es muy pronto, y que te acabas de despertar. Pero ahora tenemos que dormir.

Estrechó el cuerpecito contra sí y frotó la pequeña espalda, arrullándole. Luego le puso las manos con fuerza y le pasó un recuerdo de cansancio saludable y profundo. A los pocos instantes la cabeza de Gabriel vaciló y se desplomó sobre el pecho de Jonás.

Juntos, los dos fugitivos pasaron durmiendo su primer día de peligro.

Lo más aterrador eran los aviones. Habían pasado varios días; Jonás ya no sabía cuántos. El viaje se había hecho automático: dormir de día, escondidos entre la maleza y los árboles; buscar agua; dividir cuidadosamente los restos de comida, aumentados con lo que Jonás pudiera hallar en los campos. Y los interminables, inacabables kilómetros de bici por las noches.

Ahora tenía duros los músculos de las piernas. Le dolían cuando se colocaba para dormir. Pero eran más fuertes y se detenía a descansar con menos frecuencia. A veces, en la parada, bajaba a Gabriel para que hiciera un poco de ejercicio y corrían juntos por la carretera o por un campo, en la oscuridad. Pero siempre, cuando a la vuelta ataba otra vez en el sillín al pequeño, que no se quejaba, y volvía a montar, sus piernas estaban dispuestas.

De modo que tenía suficiente fuerza suya, y no sentía la falta de la que el Dador le podía haber transmitido, si hubiera habido tiempo.

Pero cuando venían los aviones echaba de menos haber recibido el valor.

Sabía que eran aviones de búsqueda. Volaban tan bajo que le despertaban con el ruido de los motores y a veces, asomándose temeroso desde su escondite, casi les veía las caras a los tripulantes.

Sabía que ellos no veían los colores, y que la carne del niño y de él, lo mismo que los rizos de oro claro de Gabriel, no serían más que toques de gris entre el follaje incoloro. Pero de sus estudios de ciencia y tecnología en la escuela recordaba que los aviones de búsqueda utilizaban unos sensores térmicos que detectaban el calor de los cuerpos y podían localizar a dos seres humanos acurrucados entre las matas.

Así que siempre que oía ruido de aviones cogía a Gabriel y le transmitía recuerdos de nieve, guardando algunos para sí. Los dos se quedaban fríos, y cuando los aviones se iban, tiritaban abrazados hasta que les volvía a entrar el sueño.

A veces, cuando le pasaba recuerdos a Gabriel, sentía Jonás que eran más superficiales, un poco más débiles que antes. Era eso lo que esperaba y lo que habían planeado el Dador y él: que a medida que se fuera alejando de la Comunidad, se iría desprendiendo de los recuerdos y dejándolos atrás para la población. Pero ahora, cuando los necesitaba, cuando venían los aviones, se esforzaba por sujetar lo que todavía tenía de frío y utilizarlo para la supervivencia de los dos.

Los aviones solían venir de día, cuando estaban escondidos. Pero Jonás se mantenía alerta también de noche, en la carretera, siempre con el oído atento al ruido de los motores. Hasta Gabriel escuchaba, y a veces gritaba: "¡Avidón! ¡Avidón!" antes de que Jonás oyera el ruido aterrador. Cuando, como ocurría de tanto en tanto, los buscadores venían de noche, mientras rodaban, Jonás se apresuraba a alcanzar el árbol o el matorral más próximo, se tiraba al suelo y se enfriaba y enfriaba a Gabriel. Pero a veces se salvaban por los pelos.

Mientras pedaleaba por las noches, ahora atravesando un paisaje desierto, muy lejos ya de las comunidades y sin signo de habitación humana ni alrededor ni al frente, iba en constante vigilancia, atento al escondite más próximo por si llegaba ruido de motores.

Pero la frecuencia de los aviones disminuyó. Venían cada vez menos, y cuando venían volaban con menor lentitud, como si ya la búsqueda fuera al azar y sin esperanzas de éxito. Hasta que pasó todo un día y toda una noche sin que aparecieran.

CAPÍTULO VEINTIDÓS

A hora el paisaje iba cambiando. Era un cambio sutil, que al principio casi no se notaba. La carretera era más estrecha y estaba llena de baches, como si ya no la reparasen los equipos viarios. De pronto se hizo más difícil mantener el equilibrio en la bici, porque la rueda delantera tropezaba en piedras y rodadas.

Una noche Jonás se cayó, al tropezar la bici con una peña. Instintivamente echó los brazos a Gabriel, y el niño, que iba bien atado en su sillín, no sufrió ningún daño, nada más que el susto al caer de lado la bici. Pero Jonás se torció un tobillo y se desolló las rodillas y la sangre le empapó los pantalones rotos. Lleno de dolores se levantó y enderezó la bici, a la vez que tranquilizaba a Gabi.

Empezó a atreverse a viajar de día. Ya no se acordaba del miedo a los aviones de búsqueda, que parecían haberse desvanecido en el pasado. Pero ahora había otros miedos; el paisaje extraño encerraba peligros ocultos, desconocidos.

Los árboles eran más abundantes y la carretera bordeaba bosques oscuros y espesos, misteriosos. Ahora era más frecuente ver arroyos y se paraban a menudo para beber. Jonás se lavaba con mimo las heridas de las rodillas, haciendo muecas al frotarse la carne despellejada. El dolor continuo del tobillo hinchado se aliviaba cuando lo sumergía en el agua fría que se despeñaba en torrentes junto a la carretera.

Entonces tuvo una conciencia reavivada de que la seguridad de Gabriel dependía totalmente de que a él no se le agotaran las fuerzas.

Vieron su primera cascada y por primera vez vieron animales.

—¡Avidón! ¡Avidón! —gritó Gabriel, y Jonás giró rápidamente para meterse entre los árboles, aunque hacía días que no veía aviones, ni en aquel momento oía ruido de motores.

Cuando paró la bici en los matorrales y se volvió para coger a Gabi, vio que con su corto bracito apuntaba al cielo.

Aterrado, Jonás levantó la vista, pero no era ningún avión. Aunque era la primera vez que lo veía, lo identificó con sus recuerdos debilitados, porque el Dador se lo había dado muchas veces. Era un pájaro.

Pronto hubo por el camino muchos pájaros, que planeaban en lo alto y gritaban. Vieron ciervos y una vez, al lado de la carretera, mirándoles con curiosidad y sin miedo, un animal pequeño, pardo rojizo con una cola espesa, cuyo nombre Jonás no conocía. Frenó la bici y se quedaron mirándose fijamente, hasta que el animal dio media vuelta y desapareció en el bosque.

Todo aquello era nuevo para él. Tras una vida donde todo había sido igual y previsible, le impresionaban las sorpresas que encerraba cada vuelta del camino. Frenaba la bici una y otra vez para contemplar admirado las flores silvestres, para gozar del gorjeo gutural de un pájaro distinto en las cercanías, o sencillamente para mirar cómo el viento movía las hojas de los árboles. Durante sus doce años en la Comunidad, jamás había sentido aquellos momentos simples de felicidad exquisita.

Pero ahora también le iban creciendo dentro unos temores angustiosos. El más continuo de sus temores nuevos era el de que pudieran morirse de hambre. Desde que dejaron atrás los campos cultivados era casi imposible encontrar qué comer. La escasa provisión de patatas y zanahorias recogida en la última zona agrícola se agotó y ahora siempre estaban hambrientos.

Jonás se arrodilló junto a un riachuelo e intentó sin éxito atrapar un pez con las manos. Frustrado, tiró piedras al agua, aun a sabiendas de que era inútil. Por fin, presa de la desesperación, improvisó una red atando hilachas de la manta de Gabriel alrededor de un palo curvo.

Al cabo de innumerables intentos la red dio un par de peces plateados, coleando. Jonás los partió metódicamente en trocitos con una piedra afilada y Gabriel y él se los comieron crudos. Comieron también algunas bayas y trataron de atrapar un pájaro sin conseguirlo.

De noche, mientras Gabriel dormía a su lado, Jonás se mantenía despierto, atormentado por el hambre, y recordaba su vida en la Comunidad, donde cada día se llevaba la comida a las casas.

Trataba de emplear el poder debilitado de su memoria para recrear almuerzos, y lograba breves fragmentos maravillosos: banquetes con enormes asados; fiestas de cumpleaños con tartas exquisitas y apetitosas frutas comidas directamente del árbol, tibias de sol y jugosas.

Pero al desvanecerse los retazos de recuerdo, le quedaban aquellos retortijones dolorosos de estómago vacío. Un buen día se acordó con desconsuelo de aquella vez en que siendo niño le habían reñido por emplear indebidamente una palabra. La palabra era "hambriento". "Tú nunca has estado hambriento", le habían dicho. "Tú nunca estarás hambriento."

Ahora lo estaba. De haber permanecido en la Comunidad no lo estaría. Era así de sencillo. Una vez había ansiado poder elegir. Y cuando pudo elegir, había elegido mal: había elegido marcharse. Y ahora se moría de hambre.

Pero si se hubiera quedado…

Su pensamiento siguió adelante. Si se hubiera quedado, habría muerto de hambre en otros sentidos. Habría vivido una vida hambrienta de sentimientos, de color, de amor.

¿Y Gabriel? Para Gabriel no habría habido vida de ninguna clase. Así que realmente no había podido elegir.

Llegó a ser una lucha pedalear con una debilidad cada día mayor por la falta de alimento y a la vez dándose cuenta de que estaban llegando a algo que durante mucho tiempo había anhelado ver: montes. La torcedura del tobillo le latía cada vez que empujaba hacia abajo el pedal, con un esfuerzo que era casi superior a él.

Y el viento estaba cambiando. Durante dos días llovió. Jonás no había visto llover nunca, aunque a menudo había experimentado la lluvia en los recuerdos. Esas lluvias le habían gustado, había gozado de aquella sensación nueva, pero esto era distinto. Gabriel y él se mojaban y cogían frío, y costaba trabajo secarse, incluso cuando después salía el sol.

Gabriel no había llorado en todo el largo y terrible viaje. Pero ahora sí. Lloraba porque tenía hambre y frío y estaba terriblemente débil. También Jonás lloraba, por las mismas razones y por otra más. Lloraba porque ahora temía no poder salvar a Gabriel. En sí mismo no pensaba ya.

Capítulo Veintitrés

Cada vez estaba más seguro de que faltaba poco para la meta, que estaba ya muy cerca, en la noche que se aproximaba. Ninguno de sus sentidos lo confirmaba. No veía otra cosa por delante que la cinta sin fin de la carretera, desplegada en curvas cerradas y retorcidas. No oía nada por delante.

Sin embargo, lo sentía: sentía que el Afuera no estaba lejos. Pero le quedaban pocas esperanzas de poder alcanzarlo. Y sus esperanzas disminuyeron aún más cuando el aire frío, cortante, empezó a nublarse y espesarse con remolinos blancos.

Gabriel, envuelto en su manta insuficiente, iba encogido, tiritando y silencioso, en su sillín. Jonás detuvo cansinamente la bici, bajó al niño y observó con dolor de corazón lo frío y débil que estaba Gabi.

De pie en el montículo que se iba espesando y congelando alrededor de sus pies insensibles, Jonás se abrió la túnica, metió a Gabriel junto a su pecho desnudo, y ató la manta rota y sucia alrededor de los dos. Gabriel se movió sin fuerzas contra él y soltó un corto gemido en el silencio que los rodeaba.

Vagamente, de una percepción casi olvidada y tan borrosa como la propia sustancia, Jonás recordó lo que era aquella blancura.

—Se llama nieve, Gabi —dijo en voz baja—. Copos de nieve. Caen del cielo y son muy bonitos.

No hubo respuesta del niño que antes era tan curioso y despierto. Jonás, a la luz del crepúsculo, bajó la vista a la cabecita apoyada en su pecho. Los rizos de Gabriel estaban enredados y mugrientos, y en sus mejillas pálidas había surcos de lágrimas delineados por la suciedad. Tenía los ojos cerrados. Según le estaba mirando Jonás, un copo de nieve descendió lentamente y se quedó prendido, como una chispa momentánea, en las diminutas pestañas estremecidas.

Extenuado, Jonás volvió a montar en la bici. Delante se alzaba un monte escarpado. En las mejores condiciones, la subida habría sido difícil y trabajosa. Pero ahora la nieve, que se espesaba por momentos, oscurecía el estrecho camino y hacía imposible la subida. Empujó los pedales con sus piernas entumecidas y exhaustas, y la rueda delantera apenas avanzó. Y entonces la bicicleta se atascó. Era imposible moverla.

Jonás se bajó y la dejó caer sobre la nieve. Por un instante pensó en lo fácil que sería dejarse caer junto a ella, dejarse envolver sin lucha, Gabriel y él, por la blandura de la nieve, la oscuridad de la noche, el cálido consuelo del sueño.

Pero había llegado hasta allí. Tenía que seguir.

Los recuerdos se le habían quedado atrás ya, escapando de su protección para volver a la gente de su Comunidad. ¿Le quedarían algunos? ¿Podría retener una última brizna de calor? ¿Tenía todavía fuerza para Dar? ¿Podía Gabriel todavía Recibir?

Apretó las manos contra la espalda de Gabriel y trató de recordar el calor del sol. Por un momento pareció que no le venía nada, que su poder estaba totalmente agotado. Pero de pronto se avivó y sintió que unas lenguas minúsculas de calor le corrían y le entraban por los pies y las piernas congelados. Notó que se le empezaba a iluminar la cara, y que la piel fría y tensa de sus brazos y sus manos se relajaba. Por un segundo fugaz sintió que quería conservar aquello para sí, darse un baño de sol, sin la carga de nada ni de nadie.

Pero ese instante pasó y le siguió una urgencia, una necesidad, un ansia apasionada de compartir el calor con la única persona que le quedaba para amar. Haciendo un esfuerzo que dolía, empujó el recuerdo del calor al cuerpo delgado y aterido que tenía en brazos.

Gabriel rebulló. Por un momento los dos se llenaron de calor y fuerza renovada, abrazados en mitad de la nieve cegadora.

Jonás empezó a subir la cuesta.

El recuerdo fue espantosamente breve. No había avanzado más que unos pocos metros en la noche cuando cesó y volvió a invadirles el frío.

Pero ahora la mente de Jonás estaba despierta. Había bastado aquel instante de calor para espabilarle del letargo y la resignación, y devolverle la voluntad de sobrevivir. Echó a andar más deprisa, con unos pies que ya no sentía. Pero la cuesta era empinada y traicionera; la nieve, y su propia falta de fuerzas, le entorpecían. Al poco trecho tropezó y cayó hacia delante.

De rodillas, sin poder levantarse, lo intentó por segunda vez. Su conciencia se aferró a un vestigio de otro recuerdo cálido, y trató desesperadamente de sujetarlo, ensancharlo y pasárselo a Gabriel. Su ánimo y sus fuerzas revivieron con el calor momentáneo y se puso en pie. Nuevamente Gabriel rebullía contra su cuerpo cuando reanudó la ascensión.

Pero el recuerdo se desvaneció, dejándole con más frío que antes.

¡Si hubiera tenido tiempo de recibir más calor del Dador antes de huir! Quizá ahora le quedaría más. Pero de nada servían los quizás. Ahora había que poner toda la concentración en mover los pies, calentarse y calentar a Gabriel, y seguir adelante.

Trepó, hizo un alto, y de nuevo calentó brevemente a los dos, con un minúsculo resto de recuerdo que desde luego parecía ser lo último que le quedaba.

La cima del monte parecía estar muy lejos y no sabía qué habría detrás. Pero ya no podía hacer otra cosa que seguir, y arrastrándose siguió subiendo.

Cuando por fin se acercaba ya a la cima, empezó a ocurrir algo. No sentía más calor; en todo caso, más entumecimiento y más frío. No estaba menos exhausto; al contrario, los pies le pesaban como si fueran de plomo y las piernas estaban tan cansadas y congeladas que apenas las podía mover.

Pero de repente empezó a sentirse feliz. Empezó a recordar tiempos felices. Recordó a sus padres y a su hermana. Recordó a sus amigos Asher y Fiona. Recordó al Dador.

De pronto le inundaron recuerdos de gozo.

Llegó a la cresta del monte y bajo sus pies cubiertos de nieve notó que el terreno era llano. Por fin ya no había que subir más.

—Ya casi hemos llegado, Gabriel —susurró, sintiéndose muy seguro sin saber por qué—. Recuerdo este sitio, Gabi.

Y era verdad. Pero no era asir una reminiscencia frágil y trabajosa; esto era distinto. Esto era algo que podía conservar. Era un recuerdo suyo propio.

Abrazó fuerte a Gabriel y le frotó enérgicamente, calentándole para mantenerle vivo. Soplaba un viento horriblemente frío. La nieve, arremolinada, no le dejaba ver con claridad. Pero él sabía que allá delante, al otro lado de la ventisca cegadora, había calor y luz.

Empleando sus últimas fuerzas y un conocimiento especial que había en lo más profundo de su ser, Jonás halló el trineo que les estaba esperando en lo alto del monte. Sus manos insensibles buscaron la cuerda.

Se colocó sobre el trineo y abrazó fuerte a Gabi. El descenso era empinado, pero la nieve era pulverulenta y blanda, y sabía que esta vez no habría hielo, ni caída, ni dolor. Dentro de su cuerpo congelado, su corazón se dilató de esperanza.

Empezaron a bajar.

Jonás sintió como si fuera a desmayarse, y con todo su ser hizo por mantenerse erguido sobre el trineo, sujetando bien a Gabriel para protegerle. Los patines hendían la nieve y el viento le azotaba la cara mientras descendían a toda velocidad, en línea recta por una cortadura que parecía llevar al destino final, al lugar que siempre había sentido que le estaba esperando, al Afuera que contenía el futuro y el pasado de los dos.

Obligó a sus ojos a abrirse según seguían bajando sin parar y al instante vio luces, y entonces las reconoció. Supo que relumbraban a través de ventanas de habitaciones, que eran luces rojas, azules y amarillas, que parpadeaban desde árboles en lugares donde las familias creaban y mantenían recuerdos, donde celebraban el amor.

Bajaban, bajaban cada vez más deprisa. De pronto tuvo la certeza y la dicha de saber que allá abajo le estaban esperando, y que también estaban esperando al pequeño. Por primera vez oyó algo que supo que era música. Oyó cantar.

A sus espaldas, a distancias enormes de espacio y tiempo, de allá de donde venía, le pareció oír música también. Pero quizá fuera sólo un eco.

ÍNDICE